3
Sランク冒険者である
俺の娘たちは
重度のファザコンでした

ポーラ
「私たちはずっと、お互いの利害の
ためだけにいっしょにいたんだね。
なら、遠慮なく手を下すことができる！」

「どこに何を隠してるか分かんないからねー。
漏れがないようにしないと。
ちゃんと全部チェックしちゃうよー！」
「やぁっ……。メリルちゃん。
そこはダメだよう……！」

三女・メリル

Sランク冒険者である俺の娘たちは重度のファザコンでした 3

友橋かめつ

OVERLAP

CONTENTS

Illustration 希望つばめ

第一話

Aランク冒険者である俺——カイゼルはかつて三人の赤ん坊を拾った。

王都を去り、故郷の村に帰って俺が育てた彼女たちはすくすくと育った。

長女のエルザは史上最年少のSランク冒険者になり、騎士団の団長——姫様の近衛《このえ》兵《へい》として活躍するなど全幅の信頼を置かれている。

次女のアンナは史上最年少での冒険者ギルドのギルドマスターとなった。その頭の切れと交渉術は右に出る者がいないほどだ。

そして末っ子のメリルは賢者と称されるほどの魔法使いに。魔法学園に特待生として在籍している彼女は、次々と新魔法を開発している。

皆、俺の想像を遥《はる》かに超えて立派になった。

親離れをした彼女たちは、それぞれの道に巣立っていくことだろう。子育てを終えた俺はのんびり過ごそうと思っていた。

しかし、そういうことにはならなかった。

娘たちたっての希望から王都でいっしょに暮らすことになった俺たち。今日も早朝から長女のエルザが俺に声を掛けてきた。

「父上っ。私の打ち合いの相手をしていただけませんか？」

「別に構わない。だが、何も俺ばかりに声を掛けなくても。騎士団の連中ならいくらでも打ち合いができるだろう？」

「彼らでは力量が違いすぎて、私の相手は務まりません。赤子の手を捻《ひね》るような打ち合いをしても腕は磨かれませんから」

「王都の騎士団を赤子扱いとは……。なら、レジーナはどうだ？　あいつならエルザとも対等に渡り合えるだろうし」

　レジーナはかつて俺とパーティを組んでいた女剣士だ。

　俺と同じAランク冒険者であり、その剣の実力はエルザをも凌《しの》ぐほど。打ち合いの相手としては申し分ないはずだ。

「レジーナさんはライバルですから。おいそれと胸は借りられません。次に剣を交えるのは私が打ち負かす時です」

「はは。エルザは剣のこととなると本気だな」

「レジーナさんには負けられません。剣でも、それ以外でも」

「それ以外？」

「父上の背中を任せてもらうのは、彼女ではなくこの私です」

　豊かな胸に手を当てて自負を述べるエルザの表情は凜々《りり》しかった。だが、時間が経《た》つにつれて頬がほんのりと赤らんだ。

「た、他意はありませんよ？　よこしまな感情もありません。レジーナさんに父上を取られるのが嫌などとは……」

「やる気があるのは良いことだ。俺もちゃんと鍛錬しておかないとな。油断してると二人に置いていかれてしまう」

いつの日かエルザは父である俺の背中を追い抜いてしまうだろう。

娘の成長は父親としては喜ばしいことだ。

けれど、まだもうちょっと粘っていたい。せめて彼女が二十歳になるくらいまでは。

俺とエルザは朝から家の近くにある空き地に向かうと、打ち合いをして汗を流す。まだ追い抜かれるには猶予がありそうだ。

鍛錬を終えて家に戻ると、アンナが起きてくるところだった。

「パパたち。こんな朝早くから鍛錬してたの？」

「ああ。汗を流すのは気持ちいいぞ。アンナもどうだ？」

「遠慮しておくわ。そんなことしたらこの後の仕事がとても保たないもの。私にはパパとエルザみたいな体力はないから」

「一ヶ月もみっちり鍛錬すればアンナも身につきますよ」

「つかないっての。その前にぶっ壊れるのがオチだから。二人みたいな体力オバケと同列に考えられても困るわ」

アンナはやれやれと呆《あき》れたように肩を竦《すく》めると、

「だいたい、そうなるとエルザにも悪いでしょう？　せっかくのパパとの二人きりの時間

「ふふ。分かってる分かってる。エルザはあくまで鍛錬がしたいだけだもんね。そういうことにしておいてあげる」

「うう……！　アンナはいじわるです！」

「それよりパパ！　今日は絶対、冒険者ギルドに来て！」

「おお。急に凄《すご》い剣幕だな……。何かあったのか？」

「今ちょっと、依頼が殺到しすぎてパニックになってるの。ギルドに常駐している冒険者だけじゃ全然捌《さば》ききれなくて」

「なるほど。それで俺に白羽の矢が立ったと」

「パパがいてくれれば、何とか今週中に捌ききることができるはず。だからお願い！　私を残業地獄から救い出して！」

　アンナは両手を合わせて拝みながら頼んできた。

「分かった。そこまで頼まれたら断れないな」

「本当!?　助かるわ！」

「娘が残業地獄になるのは親としても忍びないしな。でも午後からでいいか？　午前中は魔法学園の講師があるんだ」

「ええ。パパが力を貸してくれるならそれだけで充分よ」

「……それにしても、冒険者ギルドの仕事っていうのはかなりブラックなんだな。冒険者の人手も足りてないみたいだし」

「依頼は引っ切りなしに舞い込んでくるけど、腕の立つ冒険者の数は少ないからどうしても仕事が集中するのよね。その上、実力のある人たちは性格に難がある人が多いし。その度にギルド職員の胃がキリキリとやられるの」

「なるほど。だったら、レジーナにも声を掛けてみたらどうだ？」

「あの人はまさに、私たちの胃を痛めつける張本人なんだけど。自分の興味がない依頼は全く受けてくれないし」

「……申し訳ない。昔の仲間として謝らせてくれ」

昔は尖《とが》っていたレジーナだが、年を取って少しは丸くなったかと思っていた。けれど今もしっかりと気難しいままだった。人はそう簡単に変わらないのか。

——それにしても。

十八歳になって少しは親離れできたかと思った娘たちだが、エルザもアンナもまるで俺から離れることができていない。

では末っ子のメリルは親離れできているのか——というとそんなことはなく、むしろ三姉妹の中で一番重症だった。

「おいメリル。そろそろ学園に行く時間だぞ」

「えー。まだもうちょっとゆっくりしてたいー」

「そんな余裕はないぞ。さあ、服を着替えるんだ」

「服って窮屈だから、ボク嫌いだなー」

「メリルの服はかなり開放的な方だろう。胸とか足とか見えてるし」

「そうですよ。ほとんど水着じゃないですか。その服で窮屈というなら、私が勤務時に身にまとう鎧《よろい》はどうなるんですか」

「あんなの着たら窮屈すぎて圧死しちゃうよー。エルザ、よく着てられるよね。夏場とかすっごい汗臭くなりそうだし」

「し、失礼な！　汗臭くなどなりません！　むしろ良い匂いがします！　常時ラベンダーの香りですよ！」

「あはは。ムキになってるー」

「そういえばこれ、特注の制服だそうじゃないか」

と俺が逸《そ》れた話を引き戻す。

「うん。学園の人に頼んで作ってもらったんだー。ボクちゃんは特待生だからねー。お願いしたら聞いてもらえちゃった♪」

「こらこら。立場を濫用するんじゃない」

俺がそう注意すると、メリルは「てへっ」とあざとく舌を覗《のぞ》かせた。親バカだと思われることを承知で言うが、とても可愛《かわい》かった。

「せっかく制服まで特注で作ってもらったんだ。しっかり学園に通わないと。それに娘が登校してないと講師の俺の立つ瀬がない」

「んー。ボクのせいでパパが窮屈な思いをするのはやだなー。しょーがないっ。面倒臭いけど起きて学園いこうっと」

「そうか……！　分かってくれたか！」

俺の学園内での立場を考えてくれるとは。

父親思いの娘を持つことができて俺は幸せものだ……！

「ってことで――はい♪」

「……ん？　どうしたんだ。俺に向かって手を広げて」

「学園には行くけど、着替えるのは面倒臭いから。パパ、ボクにお着替えさせて♪　服と靴下までちゃんと穿《は》かせてね」

「…………」

何のてらいもなくそう言い放ってきたメリルを前に、俺は開いた口が塞がらない。

――だが、これで学園に登校してくれるというのなら仕方がない。むしろこれだけで行く気になってくれるなら安いものじゃないか？

メリルの要求を呑《の》んだ俺が、着替えさせていた時だった。

「いやいやいや。パパ、それはいくら何でも甘やかしすぎよ」

「私もそう思います」

「うっ……」

白けた目をしたアンナとエルザからそう注意されてしまった。二人の言うことはもっともすぎてぐうの音も出ない。

分かっている。分かっているんだ。十八歳の娘の着替えを手伝ってるなんてのは、普通じゃないってことくらい。

しかし、何だかんだで甘やかしてしまうのだ。

「でへへー。ボク、お姫様みたーい♪」

メリルは周囲の呆れも何のその、嬉《うれ》しそうに甘えを振りまいていた。アンナとエルザの白けた目など視界に映っていないかのようだ。

第二話

俺は着替えさせたメリルをおんぶして魔法学園へと向かった。

校舎に向かう道すがら、多くの生徒たちとすれ違う。彼ら彼女らの奇異の視線は俺の背中におぶさるメリルへと向けられていた。

「なあメリル。そろそろ降りて自分の足で歩いてくれないか」

「えー。やだー」

「周りの目もあることだし」

「いいじゃんいいじゃん。見せてあげようよボクたちのイチャイチャを！」

「まるで聞く耳を持っていない……！」

大抵の人間にとっての天敵である世間体という魔物に、メリルは全く物怖《ものお》じしない。もう少し気にしてくれてもいいのだが……。

結局メリルは俺の背中から降りることなく、教室までおぶわれていた。学園の他の生徒たちはともかくとして、クラスメイトたちはメリルの甘えっぷりを重々承知しているので、もうリアクションもしない。

「「カイゼル先生！」」

生徒たちはメリルには目もくれず、俺のもとへと集まってきた。俺を見上げる曇りのない若い眼差《まなざ》しには、キラキラとした羨望の光が瞬いている。

「カイゼル先生って、本当に凄いんですね！」

「えっ？　どうしたんだ急に」

何か悪いものでも食べたのか？

いきなり褒められると、嬉しいよりも先に戸惑いが勝ってしまう。

「この前のヒュドラ討伐の任務！　私たちも援軍として参加しましたけど、カイゼル先生は大活躍してたじゃないですか」

「ああ。そのことか」

以前、王都を襲撃しようと出現した災害級の魔物——ヒュドラ。

その討伐任務には騎士団や冒険者だけじゃなく、魔法学園の生徒も参加していた。

辛《つら》く厳しい戦いではあったが、けが人こそ出たものの死者は一人もおらず、王都に損害を与えられることもなかった。

「騎士団の教官も務めてるって聞いてましたけど、魔法だけじゃなくて、剣の腕も凄いんだなってビックリしました！」

「まあ、どちらかというと剣士の方が本職だからな」

冒険者時代はずっと、剣士として活動していた。

言ってみれば魔法はかじっているだけに過ぎない。本物の才能——たとえばメリルなんかと比べると一段も二段も落ちる。

だから自分では凄いとはまるで思わない。

「ふふーん。パパはねー。凄いんだよー」

メリルは鼻の下をこすり、俺よりも誇らしげにしていた。

「まあでも、凄い親バカでもありますけどね」と生徒が苦笑した。

「うっ。それについては返す言葉がない……」

メリルを背負って登校している時点で、どう反論しようと説得力はない。教師としてはさておいて、親としての面目は立たなかった。

「それよりも。ヒュドラは転送魔法陣から召喚されたんですよね。まさか災害級の魔物を召喚することができる魔法使いがいるなんて……」

「賢者クラスの魔法使いじゃないとムリだよな」

「言っとくけど、ボクじゃないからね？」

「いや。そこは別に疑ってないから。メリルちゃんに王都を襲う理由がないし。大好きな父親のいる場所を壊そうとはしないでしょ」

クラスメイトたちはその点に関しては完全に同意しているようだ。メリルのファザコンな部分に対する信頼感が凄い。

……それもどうかと思うが。

「ヒュドラを召喚したのはメリルと同じか、下手するとそれ以上の魔法使いだよな？　そんなのが本当に存在するのか？」

「一人おるぞ。儂《わし》の知りうる中で最高の魔法使いが」

「マリリン学園長。なぜここに……」

しゃがれた声に振り返ると、そこには幼女がいた。

学園の講師が着る制服——その上に魔法使いのローブを羽織っている。

見た目こそロリだが、彼女は正真正銘この学園の長。背はこの場で一番低いが、地位は誰よりも高い人物だった。

「学長室で一人でいると、寂しいからの。皆の様子を見に来た」

「学園長、相変わらずちんまくて可愛い～♪」

「お人形みたいで癒やされるよねー」

おいおい。

学園長相手にそんな軽率なことを言って大丈夫なのか？

「ふふ。儂はこの学園のマスコットも兼ねておるからのう。ぷりてぃな学園長じゃ。お主たちはよく分かっておる」

意外とまんざらでもなさそうだった！

「マリリン学園長。良いんですか？」

「学園長ともなると、周りの人間が必要以上に恐縮するからの。少々馴《な》れ馴《な》れしいくらいの方が嬉しかったりするんじゃよ」

「はあ。そういうものですか……」

「――なるほど。それは良いことを聞いた」

「ノーマン」

　別の方向から割り込んできた低い声。

　メガネのつるをくいっと上げ、不敵な笑みを浮かべる男はノーマン。魔法学園の講師を務めている俺の同僚だった。

「これは王様理論というやつだな」

「王様理論？」

「物語の中で主人公が偉い人に対して物怖じせず不遜な口を利いたら、面白い奴《やつ》だと気に入られることがあるだろう。あれだ」

「確かにそういう展開を見たり読んだりした覚えがある」

「私もその理論を使い、学園長相手に馴れ馴れしく接して気に入られてみせよう。そして給料をアップさせるのだ」

「下心が透けすぎているなあ」

「うえーい。学園長うえーい」

　ノーマンはマリリンと肩を組むと、馴れ馴れしく身を寄せていた。

　マリリンのほっぺたをしきりにぷにぷにとつつく。

　ノーマンの理論が正しければ、そうすることにより、

『儂に気安く接してくるとは面白い奴。よし。給料上げてやろう』

となるはずだったのだが――。

ボコッ！

次の瞬間、ノーマンは宙を舞っていた。

殴られたのだ。

花火のように高々と打ち上がったノーマンは床にべちゃりと叩《たた》きつけられる。尻を突き出した姿勢で伏せ、呻《うめ》くように呟《つぶや》いた。

「な、なぜ……」

「馴れ馴れしさにも限度ってもんがあるじゃろ。それにお主は物語の主人公ではない。現実とフィクションを混同すな」

呆《あき》れたように言うマリリン。

どうやらノーマンの給料は上がらなそうだった。得たのはダメージだけ。

「それよりさっきの話ですけど」

とクラスの生徒がノーマンから視線を切ると、話題を戻した。

「メリルちゃんと同格の魔法使いというのは……？」

「エトラじゃよ」

「「――っ!?」」

マリリンがその名を口にすると、生徒たちがざわついた。

「エトラって、あの歴代でも最強の魔法使いと謳《うた》われたあのエトラ様ですか？」

「うむ。エトラはかつての儂の教え子じゃからな。と言っても、師である儂をあっという間に抜かしていきおったが」

「え？　エトラ様を教えてたって。学園長、いったい何歳なの……？」

「そこは秘密じゃ。儂の歳《とし》はどーでもええじゃろ」

「魔法使いの歴史はエトラ様以前と以後で分かれるとすら言われてるから、確かにヒュドラを召喚することもできるかも……！」

生徒たちの間にもエトラの名は知れ渡っているようだ。

彼女はメリルとは違い世のため人のために魔法を行使こそしていないが、その圧倒的な才能は誰もが認めるところだった。

かつて俺に魔法を教えてくれたのも彼女だった。

エトラという大魔法使いを傍らで見てきたからこそ、俺は自分が魔法使いとしては大成しないだろうと悟ってしまった。

本物というのは、周りの人生を歪《ゆが》めてしまう。

「けど、ヒュドラを召喚したのがエトラ様だったとして、どうして王都を襲うようなことをしたんでしょう？」

「さあの。あやつは昔からめちゃくちゃな奴だったからのー。何を考えてるのかは儂にもさっぱり分からんわい」

第三話

俺は授業をしながら、エトラのことを考えていた。

かつて俺たちは同じパーティに属する仲間だった。

それなりに長く連れ添ったが、彼女のことを理解できたとは言いがたい。

ただ、めちゃくちゃな奴だという見解は学園長と一致する。

エトラはとにかく俗世というものを毛嫌いしていた。天才である彼女は、そうじゃない凡人たちに嫌な思いをたくさんさせられてきたから。

メリルとは違って、世のため人のために魔法を使うなんてことはなく、いつだって自分のためだけに魔法を使っていた。

——学園の皆は、エトラが敵意を持って王都を襲ったと思っていた。確かに俗世を嫌う彼女であれば動機としては成立する。

しかし。

仲間として連れ添ってきた俺には、違う理由があるのではと思えてならない。ただ単にそう信じたいだけかもしれないが。

「あいつと会えれば、直接訊《き》けるんだけどな……」

転送魔法陣を設置してヒュドラを召喚したのが彼女だと推測できただけで、彼女の所在がどこなのかは未《いま》だに摑《つか》めないでいた。

聡明《そうめい》な彼女のことだ。尻尾を摑まれるようなヘマもしないだろう。

「カイゼルせんせー。何ぼーっとしてんの」

「――いや、すまない。考えごとをしていてな」

しまった。授業に集中しなければ。

聴講してくれている生徒たちにも悪い。

「どーせスケベなことでも考えてたんでしょーが。あんた給料貰《もら》ってるんでしょ。その分の働きはしっかりしろーっ」

席の方からめちゃくちゃ勢いよく野次が飛んできた。

うちのクラスにこんな、王都の議会議員みたいな野次を飛ばす生徒なんていたか？

俺は思わずその声がした方へと振り返ると、机の上に足を横柄に乗せ、椅子にふんぞり返っている生徒が目に入った。

――なんだあいつ！　めちゃくちゃ態度が悪いな！

「ほら。あんたたちももっと言ってやりなさい。思いの丈を叫んじゃいなさい」

他の生徒たちを焚《た》きつけようとするその女子は、周囲からドン引きされていた。その姿を見た俺は驚きに息が止まった。

「――って、ちょっと待て。お前、エトラじゃないか！」

「「えええっ!?」」

俺がそう声を上げると、教室にいた生徒たちは驚きに包まれた。場にいた者たちの視線が一斉にエトラの方へと集まる。

「むにゃ……？」

その騒ぎを聞いて、机に突っ伏していたメリルが目を覚ました。

今まで寝てたんかい。

「こ、このひょろいのがあのエトラ様!?」

「というか、いつからいたの？　全く気づかなかった……！」

「おいこら。今、あたしのことをひょろいって言ったのは誰よ。出てきなさい。杖《つえ》でケツを思い切りぶっ叩いてやるから」

杖を取り出すと、毛を逆立てた猫みたいに威嚇するエトラ。

自信をみなぎらせたかのような金色の髪。

見るからに気の強そうな顔立ち。

スレンダー（言葉を選んだ）な体型。

その姿は、俺の記憶の中にある十八年前の彼女の姿と寸分違《たが》わない。まるで彼女だけ時間の檻《おり》に閉じ込められていたかのよう。

「カイゼル。久しぶりね。あんたが魔法学園の講師をしてるって聞いたから、どんなもんか冷やかしに来てあげたわ」

鮮やかな金色の髪をかき上げながら、不敵な笑みと共に俺を見据えてくる。

「冷やかしというよりあれは野次だったが……。生徒たちに気づかれなかったのは、魔法を使っていたからか？」

「まあね。誰からも気づかれないんだもの。拍子抜けしちゃったわ」

　エトラはふんと鼻を鳴らすと、

「この学園のセキュリティもざる過ぎるし。外部の侵入を防ぐ結界はあったけど、あんなのすぐに突破できちゃったわ」

「「……っ！」」

　ヒュドラを召喚したのがエトラだという情報があったからだろう。

　周囲の生徒たちはエトラから距離を取ると、臨戦態勢へと入った。

　それを見たエトラは、生徒たちに冷えた瞳を向ける。

「やめといた方がいいと思うわよ。まだ数十年もある寿命を、何も今この場で無駄遣いすることないでしょ」

　その突き放した情のない言い方に、生徒たちは気圧《けお》されていた。

　四方八方からの敵意に晒《さら》されても、エトラの態度にまるで動揺は見られない。凪《なぎ》のように落ち着き払っていた。

　そこに圧倒的な格の違いを皆は感じ取っているようだ。

「こやつの言う通りじゃ。お主ら生徒に対処できる相手ではない」

　がらりと教室の扉が開くと、姿を現したのはマリリンだった。

「あら。マリリンじゃない。全然変わってないわね」

「エトラ。それはお互い様じゃろう。結界が突破されたのを感知してな。もしやと思ってここに来てみれば——ビンゴじゃった」

マリリンはふうと息をつくと、エトラへと視線を向けた。

「突拍子のなさと行儀の悪さは相変わらずじゃな」

「あんたも全然変わってないわね。ずっとロリのままじゃない」

「儂《わし》は生涯ピチピチじゃよ。……これまでずっと消息をくらましておったのに、いきなりまた姿を現すとは。どういう了見か？」

「さあね。ただ一つ言えるのは、とても健康だったわ」

「ふん。捻《ひね》くれたところも変わらずか。まあ、頼りがないのは元気な証拠というしの。儂は久々にお主と会えてうれしいぞ」

「あたしはそうでもないけどね」

「しかし、どうしても一つ訊きたいことがあっての」

「聞きたいこと？」

「エトラ、ヒュドラを召喚したのはお前なのか？」

俺が学園長の言葉を継ぐような形で尋ねた。

エトラは俺の方を見ると、少しの沈黙の後、露悪的な笑みを浮かべる。

「——ええそうよ。転送魔法陣を設置してヒュドラを召喚したのも、王都を襲うように仕向けたのもあたし」

　──やっぱりそうだったのか。

　ほとんど確信していたとは言え、本人の口から直接言われると衝撃だった。

「……どうしてそんなことをした？」

「ふふ。カイゼル、あんた、あたしに興味津々じゃない」

　エトラはからかうように笑った。

「知ってるでしょ？　あたしが素直に人の言うことを聞く人間じゃないこと。この十数年の間に忘れちゃったかしら」

「いや、一度だって忘れたことはないさ」

　誰にでも分け隔てなく接する人がいるが、エトラはその対極に位置する人間だ。彼女は極端に相手を選ぶ。

　自分の認めていない相手の言うことは絶対に聞かない。

「なら話は早いわね。あたしと勝負しましょうよ。それであんたが勝ったら、そっちの聞きたいことを洗いざらい話してあげる」

「相変わらず勝負が好きだな。そういえば、ギャンブルはまだ続けてるのか？」

「当然よ。負ければ明日から極貧生活を強いられる──そんな極限の勝負でこそあたしは生きてる実感を得られるもの」

「………………」

パーティを組んでいた時から彼女はギャンブルが大好きだった。依頼を達成して得た金を全部ぶち込むこともざらだった。

おかげでよく一文無しになり、極貧生活を強いられていた。

彼女曰《いわ》く——大金を得られるかどうかは二の次らしい。

『あんたも一度経験してみれば分かるわ。極限の勝負に打ち勝った時、脳汁がドバドバと溢《あふ》れ返るあの多幸感を。ぶっ飛ぶわよ。ふふふ』

目を血走らせながら語るエトラは、完全に中毒のそれだった。

天才魔法使いである彼女は魔法で何でもできてしまうため、不確実性の高いギャンブルに嵌《は》まってしまったのだろう。

こうはなるまいとパーティメンバー全員が思ったものだ。

「勝負というのは？　俺とお前で魔法の決闘でもするのか？」

「バカね。そんなのあたしが勝つに決まってるじゃない。天才なんだから。結果の見え透いた勝負なんて面白くも何ともない」

「ならどうするつもりなんだ」

「あんた、この学園で講師をしてるんでしょ？」

「まあな」

「じゃあこうしましょ。あたしとあんたで同レベルの生徒を二週間指導して、その子たちを決闘させるのよ」

「俺の指導力を試そうというわけか」

「ええ。この方法ならあたしたちが決闘するより、ギャンブル性があるしね。多少は脳汁が分泌されるかもしれない」

「行動基準を脳汁が出るかどうかに設定するな」

ギャンブルに支配されすぎだろ。

「……まあいい。勝負は受けて立とう。口を割らせるためもあるが、生徒たちにとっても賢者の指導を受けられるのは貴重だしな」

「ふふん。そうこなくっちゃね」

「それで？　各々が担当する生徒をどうやって決める？　魔法の実力が同レベルの生徒を選ぶということだが。俺が推薦しようか」

「必要ないわ。そんなの見れば分かるし」

エトラはそう言うと、辺りにいる生徒たちを睥睨《へいげい》する。そして、手に持った杖の先端を二人の生徒たちに向かって指した。

「――あんたとあんた。ちょうど同じくらいの力量ね。決めたわ。これから二週間、みっちり指導してあげる」

「おお……」

俺はエトラの選出を目《ま》の当たりにして思わず感嘆した。

エトラが選んだ二人というのは、俺の受け持っているこのクラスの中で、ちょうど同じくらいの魔法の実力を有していたからだ。

授業を受け持つ中で俺が時間をかけて理解していったこと。

それをエトラは一目見ただけで看破してしまった。

「見事だな」

「賢者を舐《な》めるんじゃないわよ。超一流の人間っていうのは、腕だけじゃなく善《よ》し悪《あ》しを見分けられる目も持ってるの」

エトラは当然のことのようにそう言い放つ。

自信家な彼女だが、それに見合う実績を持っている。

俺はエトラに選出された生徒たちを見やった。

「話は聞いていたと思うが。こういう事情があってな。すまないが、二人にも協力してもらえると助かるんだが……」

「はい！　そういうことなら協力しますよ！」

「カイゼル先生や賢者の方の指導を受けられる機会は貴重ですから」

生徒たちは二人とも了承してくれた。

素直な子たちで助かった。

「話はまとまったみたいね」

エトラはそう言うと、まとっていたローブの裾をはためかせた。

「さあて。それじゃ、早速始めようじゃない。あたしとあんた。いったいどちらの指導力が秀でてるのか勝負よ！」

　大仰な仕草と共に開戦の狼煙《のろし》を上げようとする彼女。

　しかし――。

「いや、早速はムリだ」

「――は？」

　俺がそう言うと、エトラは気勢をそがれたようにきょとんとした。

「え、なに？　ここに来て怖《お》じ気《け》づいたわけ？」

「そうじゃない。今日は午前中で講師業は店じまい。午後からは冒険者として任務に奔走することになってるんだ」

「サボっちゃえばいいでしょ。そんなの」

「うちの次女がギルドマスターをしていてな。依頼が片付かないと残業地獄らしい。父親としては放っておけない」

　俺はそう言うと、

「まあ、そういうことだから。勝負は明日以降の空いてる時間でな」

「いやいや！　待ちなさいよ！」

　エトラは俺を呼び止める。

「こういう勝負って、勢いが大事でしょうが！　昼夜を忘れて、夢中で打ち込むくらいの気概を見せなさいよ！」

「若い頃ならそれもできただろうが、大人になると中々そうはいかない。勝負の前に日々の仕事をこなさないと」

家族もいるし、俺一人で突っ走るわけにはいかない。

「じゃあ、俺は行くから」

「…………」

ちょうど授業の時間が終わり、踵《きびす》を返すと、次なる仕事へ向かうために歩き出す俺。それをエトラは唖然《あぜん》とした表情をしながら見送っていた。

第四話

冒険者ギルドに足を踏み入れる。

職員たちは皆、尻に火がついたように駆け回っている。

その中には見知った顔もいた。

「ひーん」

モニカが涙目になりながら書類を運んでいた。

サボリ癖のある彼女が、サボる暇がないくらい忙しそうにしているとは。

――これは猫の手も借りたくなるはずだ。

冒険者ギルドは二階建てになっており、一階は受付や依頼の張り出された掲示板、二階部分は丸々酒場のスペースとなっている。

集会所にもなっている二階の酒場に向かうと、待ち人はすでにいた。むすりとした顔でテーブルに一人座っている。

「レジーナ」

俺が声を掛けると、かつての仲間は顔を上げた。

「……ようやく来たか」

「講師の仕事が長引いてな。待たせてすまない」

「これくらいの時間は待ったうちに入らん。何せお前が王都を去ってから、私は十八年間待ちぼうけを食ったのだからな」

それは彼女なりのフォローなのか、それとも当てつけなのか……。いずれにしても俺は苦笑いを浮かべるしかない。

「あ、パパ。来てくれたのね」

階下にいたアンナは、俺に気づくと二階の酒場に駆け寄ってきた。

「パパ、聞いてよ。レジーナさんったら一人の時は全然依頼を受けてくれないの」

「私は別に冒険者ギルドと専属契約を交わしているわけではない。依頼の選《よ》り好《この》みをするのは当然の権利だろう」

レジーナは言った。

「私は組織人ではない。フリーランスだ。依頼を受けるも受けないも自由。その代わりに何の保証もされないというものだろう？」

「うっ……。正論だけど」とアンナが怯《ひる》んだ。

「むしろカイゼルのように情で動いている冒険者の方が間違っている。私は自分の気乗りする依頼しか受けるつもりはない」

「それがパパといっしょに受ける依頼ってことね」

「こいつとの任務であれば、多少は興が乗るからな」

「誰にも邪魔されずに二人きりでいられるものね」

「ち、違う！　そういう意味ではない！　血湧き肉躍るということだ！　私を色恋にしか興味がない女みたいに言うな！」

「あ、ちょっと！　テーブル叩《たた》かないでよ。壊れちゃうでしょ」

　と困ったように言うアンナ。

「その動揺っぷりが、ますます本当っぽいのよね」

「動揺などしていない！　これは怒りを露《あら》わにしているだけだ！」

「はいはい。落ちて割れた食器の代金は報酬から天引きしておくから」

「呆《あき》れた。年下のがきんちょに良いように翻弄されてるじゃない」

「――む」

　俺の背後から聞こえたため息の声に、レジーナは反応した。

　レジーナの視線は、今まで誰も気に留めなかった俺の背後へと向けられていた。そこに立っていたエトラの姿を視認する。

「……誰かと思えば。エトラではないか」

「ふん。さすがにあんたは気づいたみたいね」

　エトラはそう言うと、指を鳴らし、自らに掛けていた隠遁《いんとん》の魔法を解いた。辺りにいる人間にも彼女を視認できるようになる。

　アンナには突如として現れたように見えたのだろう。

「――えっ!?　だ、誰っ!?」

と苦手な虫を背中に入れられた時のように驚いていた。

「この隠遁魔法を使っていれば、周りからは姿が見えなくなる。下の冒険者連中は誰一人としてあたしに気づかなかったわ。あんたは見えたのね」

「有象無象と私をいっしょにするな。それくらいは気配で察知できる。Aランク冒険者ともなれば当然のスキルだ」

レジーナはそう言い放つと、

「だが、随分と久しいな。最後に会ってから十年以上になるか」

彼女にとっても、エトラと会うのは久しぶりらしい。

「お前の姿は変わっていないが。それは魔法の力なのか？」

「失礼ね。あたしは永遠の十七歳だから」

エトラはどや顔をしながら髪をかき上げた。

ちなみに彼女が冒険者ギルドに付いてきたのは、俺がこっそり生徒を指導するイカサマ行為を働かないか確認するためらしい。

「ふん。まあ、それ自体は別にどうだって構わないが。エトラ、この前のヒュドラを召喚したのはお前なのだろう？」

「えっ!?　そうなの!?」

とアンナが驚きの声を上げた。

「へえ。あんたもあたしの匂わせに気づいたのね」

「あれだけの規模の転送魔法を使える人間などそうはいない」

「あんたたちが戦ってるところも見てたわよ。剣の腕は衰えてないみたいね。まああたしの元仲間なんだからそれくらいは——って、うえっ!?」

その先に続く言葉は、アンナによって押しとどめられた。

ずんずんとエトラのもとに迫ってきたアンナは、取り憑《つ》かれたかのようにエトラの胸ぐらをむんずと摑《つか》み上げたのだった。

「ちょっ!?　ええ!?　あんた、何すんのよ!?」

「それはこっちのセリフよ！　あなたがヒュドラを呼び出したせいでねえ！　私たちは後始末に追われて大変なのよ!?」

「はあ!?」

「毎日残業残業の残業地獄に追いやられて！　別に何を企《たくら》んでようが勝手だけど、後始末をこっちに押しつけないでくれる!?」

エトラの喚《よ》びだしたヒュドラを討伐してからというもの、ただでさえ多い冒険者ギルドの業務は更に積み重なった。

それによってアンナは連日、残業地獄に陥っていた。

募りに募ったストレスの元凶が目の前にいるエトラだと知った瞬間、堪忍袋の緒が切れてしまったらしかった。

背の高いアンナに摑み上げられ、エトラは両足が宙に浮いていた。

「く、苦しい……！　カイゼル！　これあんたの娘なんでしょ!?　ぼさっと見てないでさっさと止めなさいよ！」

「まあまあ。アンナ、その辺りに――」

「パパは黙ってて！」

「は、はい」

　アンナに一喝されて、俺は意見を挟む権利を失った。

「すまんエトラ。俺にはもうどうすることもできない」

「ちょっと！　諦めるの早すぎるでしょ！　あんた、Aランク冒険者でしょうが！　仲間のピンチを救いなさいよ！」

「Aランク冒険者だろうが、俺は父親だ。娘には勝てない」

「くっ……！　だったらレジーナ！　あんたでいいわ！　ヘルプミー！」

「残念だが、私はお前を助ける気は毛頭ない」

「どうしてよ!?　腐っても元仲間でしょうが！　見捨てるつもり!?」

「お前が王都にヒュドラを向かわせたせいで、カイゼルはSランクになれなかった。私はむしろアンナに加勢したいくらいだ」

「ぐぬぬ……八方塞がりじゃないの……！――って、ヤバっ。そろそろ息できなくなってきた……」

　アンナの身体《からだ》をしきりにタップして助けを求めるエトラ。気道を絞め上げられた彼女の顔はタコみたいに赤くなっていた。

「おいおい。このままだと窒息するぞ」

「ここで死んだら、後片付けが面倒だろう。その辺りにしておけ」

「――そうね」

アンナはそう呟《つぶや》くと、摑み上げていたエトラの胸倉を放した。

「げほっ。げほっ。た、助かった……」

咳《せ》き込むエトラの前に、アンナは仁王立ちをする。

ぎょっとするエトラに言い放った。

「賢者だかなんだか知らないけど、しでかしたことの尻拭いは自分でしてもらうから。パパといっしょに任務に行きなさい」

「はあ!?」

「あなたがヒュドラを喚びだしたせいで、魔物の動きが活発になってるの。だから後始末を手伝ってもらうわ」

「賢者のあたしをこき使おうなんて、良い度胸してるわね」

呼吸の落ち着いたエトラは、口角をつり上げた。

「言っとくけど、ヒュドラを喚びだして王都を襲ったということは、あたしはあんたたちの敵かもしれないのよ?」

「敵だろうが何だろうが関係ない。私は私を残業地獄に追い込んだ元凶を許さない。労働の道連れにしてあげるわ」

「何よこいつの迫力は……このあたしが気圧《けお》されるなんて……！」

エトラはアンナの有無を言わせぬ眼光を前に怯んでいた。

「エトラ、まあいいじゃないか。ギャンブルばかりしてるお前のことだ。どうせ手持ちの金も少ないんだろう？」

「……ふん。今はね。だけど今晩、カジノで十倍に増える予定だから」

「希望的観測は持ち金には入らないんだよ」

それにどうせ負けるだろう。

一時的に勝つことはあっても、エトラがギャンブルの類で最終的に勝ったところを俺はこれまで一度も見たことがない。

かつて賢者と称されたエトラだが、こと生活においては愚者そのものだ。

「冒険者の任務をこなせば、確実にお金が手元に入るぞ」

「そんなのでお金を手にしても楽しくも何ともないじゃない。生きるか死ぬか、不確実性があるからこそ面白いのよ」

「冒険者としての任務も、生きるか死ぬかでしょう。不確実性があるじゃない」

アンナがそう指摘すると、エトラは鼻で笑った。

「バカね。賢者のあたしが任務ごときで死ぬわけないでしょ。災害級の魔物が束になって掛かってきても返り討ちよ」

「そう。じゃあ安心して任務を任せられるわね」

「あっ」

とエトラは声を上げた。

「ちょっと！　あたしを嵌《は》めたわね!?」

「いや、自分から嵌まっていっただろう。今のは」

レジーナが呆れたように呟いた。

「ほら、無駄話してないで。さっさと任務に行った行った。言っておくけど、今日は今から半日みっちり働いてもらうから」

アンナが無慈悲にそう告げる。

「はあ!?　あたしはまだ働くなんて一言も言ってないわよ？」

「無駄口を叩いてる暇はない。とっととといくぞ」

「ちょっと！　話を聞きなさいよ！　あたしを引きずるなー！」

ずるずるとレジーナに引きずられていくエトラの後を、俺は苦笑しながら追う。今日の任務は普段より賑《にぎ》やかになりそうだ。


夕方。

討伐任務を終えて冒険者ギルドへ戻ってくる。

「パパ、レジーナさん。お疲れ様」

報告のために受付に向かうと、アンナが労《ねぎら》ってくれた。

「ちょっと。あたしに対する労いは？」

エトラが抗議の声を上げた。

「あなたの場合、元はと言えば自分で蒔《ま》いた種でしょうが。散らかしたものを片付けるのは当たり前のことでしょう」

「だとしてもよ。たとえば子供がおもちゃ箱をひっくり返して、お片付けしたら、ちゃんと褒めてあげるもんでしょ」

「あなた、子供じゃないじゃない」とアンナが冷静に指摘した。「もういい歳《とし》でしょ。何バカなこと言ってるの」

「「！！？？」」

もういい歳でしょ――。

その言葉に、俺たち全員頬を張られたような衝撃を受けた。

「アンナ。その言葉は俺たちにも効く……」

隣を見ると、レジーナも狼狽《ろうばい》した面持ちを浮かべていた。

俺たちは皆、精神的には二十歳くらいでいた。

まだ青年なのだという心持ちでいた。

けれど、世間的に見れば、もう充分いい歳なのだ――。時の残酷さというものがナイフのように俺たちの胸に突き刺さった。

どんな魔物の攻撃よりも、アンナの言葉は鋭利だった。

「あ、あたしは永遠の十七歳だから……」

エトラは現実逃避するようにそう呟いていた。

確かに見た目は少女のように幼いエトラだったが、実際の年齢は俺たちと同じ、アンナの言うところのいい歳なのであった。

「それよりパパたち、任務の途中で何かあったの？　普段、レジーナさんと二人の時よりも時間が掛かってたけど」

「まあ、色々とあったんだ」

「エトラが私たちの足を引っ張ってきたんだ」

「はい⁉」

レジーナがそう呟くと、エトラは異議の声を上げた。

「事実だろう。私とカイゼルのコンビネーションは完璧だった。お前がバカみたいに魔法を放たなければもっと早く終わっていた」

「あんたたちがチンタラやってたからでしょうが！」

エトラがふんと呆《あき》れたように言う。

「だいたい、あんたは戦闘中、カイゼルのこと意識しすぎなのよ。二人だけの世界みたいな顔してたから腹立ったのよね」

「なっ――!?」

　レジーナは指摘を受けて顔を真っ赤にしていた。

「てか、あんた昔からカイゼルに対してそういうところあるわよね。余計な感情を戦闘に持ち込まないでくれる？」

「て、適当なことを言うんじゃない！　私は余計な感情を抱いてなど……！　戦闘の時は敵を殲滅《せんめつ》することしか考えていない！」

「はいダウトー。魔法を使わなくても分かるわよ。あんたの頭の中は桃色。表面上は硬派ぶってる奴《やつ》ほどスケベなのよねー」

「き、貴様ぁああああ!!　ここで斬り伏せてやる！！！」

「はっ！　上等よ！　やれるもんならやってみなさい！」

　レジーナとエトラはその場で取っ組み合いの喧嘩《けんか》を始めた。それを見た他の冒険者たちが周囲を取り囲んで歓声を上げている。

　冒険者ギルド内は闘技場のような盛り上がりを見せていた。

「こんなふうに、ずっといがみ合ってたんだよ」

　俺は事情の説明をするようにアンナに言った。

　昔から二人は仲が悪く、事あるごとに衝突していた。

　それを諌《いさ》めるのに苦労したものだ。

「なるほどね。二人は仲が悪いみたいだけど、大本の原因はパパってことか」

「え？　俺？」

「はあー。やっぱり気づいてなかったか。まあ、そうだとは思ってたけど。レジーナさんもエトラさんも大変ね。ちょっとだけ同情するわ」

アンナは呆れたように肩を竦《すく》めると、

「はい！　終わり終わり！」

パンパンと手を鳴らしながら喧噪《けんそう》の集まりへと向かった。

「げっ！　ギルドマスターだ！　逃げろ！」

「アンナさんに逆らったら、後が怖すぎるからな……。死ぬまでこき使われちまう」

「退散退散っと！」

屈強な冒険者たちにとってもアンナは恐ろしい存在らしい。彼女が近づくと冒険者たちは蜘蛛《くも》の子を散らしたように逃げていった。

「レジーナさんとエトラさんもほら。ここらで手打ちにしなさい」

「小娘が邪魔をするな」

「そうよ！　引っ込んでなさい！」

アンナは聞き分けのない子供を前にしたように、はあとため息をついた。

「ギルド内で暴れて建物が壊れたら、あなたたち弁償してくれるの？　ムリでしょ。補塡《ほてん》のために当分ただ働きがいい？」

「「………」」

弁償にただ働きという世知辛いワードが出ると、取っ組み合いをしていた二人は冷や水を掛けられたように身を離した。

　感情だけで突っ走れるほど無知ではない。

　ちゃんとその後のことも考えられる。

「素直でよろしい」

　アンナは満足そうにそう言うと、

「はい、今日の報酬。弾んでおいたから。明日からもよろしくね」

　レジーナとエトラにそれぞれ報酬を手渡した。

　二人ともそれをむしり取るように受け取る。

「あ、そうだ。エトラさん、カジノには行くの？」

「当たり前じゃない。まさか止めるつもりじゃないでしょうね？　言っておくけど、指図を受ける謂《い》われはないわよ」

「ううん、そんなつもりはないわ。頑張ってね」

「ふん。もちろんよ。生活費が貯《た》まれば、労働とはおさらばよ」

　エトラは踵《きびす》を返すと、意気込みながら冒険者ギルドから出て行った。ずんずんと大股の足取りからは一攫千金《いっかくせんきん》への期待が見て取れる。

「良かったのか？　あいつがもしボロ勝ちしたら、明日から来なくなるかもしれない」

「平気よ。カジノなんて結局は胴元が勝つようにできてるんだから。すっからかんになるのは目に見えてる」

アンナはそう言うと、

「お金がなくなれば、エトラさんは働かざるを得なくなるでしょ。そこで私がお金を貸してあげでもしたらもう勝ったも同然よ。利息をどんどん膨らませて、借金返済のために毎日死ぬほど働いてもらうわ。ふふふ」

「おいカイゼル。お前の娘はとんでもない鬼に育っているぞ」

「…………」

我が娘ながら随分とたくましく育ったものだ――。

自分が残業地獄に追い込まれた復讐《ふくしゅう》のため、エトラをただ働きさせる気が満々なアンナの不敵な笑みを見ながらそう思った。

第五話

翌日からはエトラとの対決の続きだった。

魔法学園の実力が拮抗《きっこう》した生徒二人を俺たちがそれぞれ指導し、二週間後にどちらが力をつけたかを競うというものだ。

俺が担当することになったのはポーラという女子生徒だった。

「カイゼル先生！　今日からよろしくお願いします！」

深々とお辞儀をすると、肩に掛かるほどの髪が揺れる。

おっとりとした、育ちの良さそうな気品のある顔立ち。

魔法の成績で言うと中の中くらい。

物腰が柔らかく、争いを好まない穏やかな性格の子である。

「こちらこそよろしく。悪いな、俺たちの諍《いさか》いに巻き込むようなことになって」

「い、いえっ。カイゼル先生に一対一でご指導いただけるなんて光栄です！　私、精一杯頑張りましゅっ！」

緊張しているのか、ガッツリ言葉を噛《か》んでいた。

恥ずかしいのだろう。

「あうう……」と耳まで真っ赤になっていた。

何だか子犬みたいな子だな。

守ってあげたくなるような微笑《ほほえ》ましさがある。

「ポーラは二週間後の対決の種目はもう聞いてるだろう？」

「えっと。的当てですよね？」

「そうだ。制限時間内に、不規則に動く的に魔法を当てる」

ここは魔法学園内にある訓練場。

目の前にはいくつもの的が立っていた。

それらは動力である魔導器に触れると魔力が流れ、不規則に移動し始める。一定時間内に的を全て撃ち抜くことができれば成功になる。

実戦で敵に魔法を当てるための訓練だった。

「詠唱と魔法発動の速さ、それにコントロールが必要になる訓練だ。魔法使いとしての力を測るにはちょうどいい」

電源である魔導器に触れる。

すると、的が不規則に移動し始めた。

「ファイアーアロー！」

俺がそう叫ぶと、掲げた右手のひらから矢のように鋭い火が放たれた。

それは正確に的の一つを撃ち抜いた。

魔力に感応した的は、動きを停止させる。

矢継ぎ早にファイアーアローを放っていく。それらは不規則に動く的を撃ち抜き、十個あった的はやがて全ての動きを止めた。

「——とまあ、こんな感じだな」

「はああ……カイゼル先生、凄《すご》いです」

ポーラは感心したように吐息を漏らす。

「詠唱を短縮しても、あれだけの威力を出せるなんて。それにあの正確性……。やっぱり先生は先生なんですねっ」

感心するその姿は、尻尾を振りながら人間にじゃれついてくる子犬を彷彿《ほうふつ》とさせる。フリスビーを投げたら駆け出していきそうだ。

「そうだよー。パパはねえ、すっごいんだよー♪」

甘えるような声と共に、後ろから抱きつかれる。振り返らずとも誰か分かったが、振り返るとそこには愛娘《まなむすめ》がいた。

「メリル。来てたのか」

「ボクはパパのいるところなら、どこにでも参上するよ♪」

恥ずかしげもなくそう言うと、メリルは頬ずりしてくる。その姿は、人間に馴《な》れきって甘えてくる猫みたいだった。

「ねーねー。的当てしてたんでしょ？　ボクにもやらせてー♪」

「ああ。構わないぞ」

俺は承諾すると、魔導器に触れた。

すると、的が不規則に動き始める。

「よーし。パパの前で良いところを見せちゃうぞー」

ぐるぐると腕を回し、やる気十分だ。

メリルは的に向かって手のひらを掲げると、詠唱することなしにファイアーボールを放出させた。

詠唱破棄での魔法の発動。

ファイアーボールが目にも留まらぬ速度で的に当たろうとする直前。

「曲がれっ」

メリルがくいっと指を動かした。

すると、本来なら的に当たって消えるはずのファイアーボールの軌道が変化し、ぐいんとカーブしながら的の表面だけを掠《かす》めた。

そのまま他の的の表面を次々と掠めていく。

直撃すればファイアーボールはそこで消えてしまうから、軌道を変えることで、一発の魔法で複数の的に当てようとしたのだ。

結局、たった一発のファイアーボールで十の的全部にヒットさせた。

詠唱破棄&独自の効果を付与。

さすが、エトラ以来の賢者と称されるほどの魔法使い。

圧倒的なまでの実力だった。

「ふわぁ……メリルちゃん、すごぉい……！」

「えっへへー。でしょー？」

褒められたメリルが嬉《うれ》しそうにダブルピースをしている。

「パパもボクのこと褒めてー♪」

「大したもんだ」

と俺はメリルの頭を撫《な》でてやる。

「だが、凄すぎるのも考えものだ。先生の立つ瀬がなくなるじゃないか」

「だいじょーぶ。ボクはパパが凄いって分かってるから♪」

そういう問題なのか？

「よし。じゃあ次はポーラがやってみてくれ」

「は、はひっ」

俺は再び魔導器へと触れた。

停止した的に魔力が流れ出すと、不規則に動き始めた。

「よ、よーしっ……！」

ポーラは胸の前でぐっと両拳を握りしめると、

「燃えさかる火炎よ、万物を射貫《いぬ》け――ファイアーアロー！」

詠唱と共にファイアーアローを放つ。

火の矢は動いていた的の少し横を掠めていった。

「あっ。外しちゃった……」

「惜しかった。次は当たるさ」

「つ、次はちゃんと当てないと……」

真剣な表情を浮かべるポーラ。

プレッシャーからか、身体《からだ》がガチガチになっている。

「燃えさかる火炎よ、ばんぶちゅ――じゃなかった。万物をいにゅけっ！　ああっ、また噛んじゃった……！」

グダグダだった。

あと、滅茶苦茶《めちゃくちゃ》テンパっていた。

一発目を外したことによって動揺したのだろう。

そこからは雪崩《なだ》れるように調子を崩していった。

終わってみれば、十個あった的のうち、制限時間に射貫けたのはたったの三個。これはあまりよろしくない結果だ。

「あうう……！」

ポーラはその場にしゃがみ込み、頭を抱えてしまう。イモムシみたいに縮こまった彼女の、形の良い耳は真っ赤になっていた。

「恥ずかしいです。穴があったら埋まりたいです……！」

「穴に入るならまだしも、埋まるのはまずいな。窒息してしまう」

「そしたらボクが魔法で空気を送ってあげる♪」

「そうか。メリルは優しいな」

俺は苦笑すると、ポーラに視線を戻す。

「一発目の魔法を放つところまでは良かったんだけどな。そこを外してからは、メンタルが崩れてしまった」

魔法を行使するにあたってメンタルはとても重要だ。

体内で魔力を練り上げ、それを形にするというのは繊細さが必要となる。ほんの僅かなメンタルの揺らぎが失敗に繋《つな》がってしまう。

「うう……。私、昔からプレッシャーに弱くて……。上手《うま》くやらないとって思うと、どうしても緊張してしまうんです……」

しょんぼりと項垂《うなだ》れながら言うポーラ。

彼女は素質は悪くないものを持ちながら、かなりの上がり症だった。実戦やそれに類する状況になると緊張してしまう。

緊張すること自体は集中力を生むから悪くない――。

が、それは軽度の話。

ポーラの場合は明らかにパフォーマンスが低下してしまう。平常時と比べると、ざっと半分以下にまで落ち込んでしまう。

「この前のヒュドラ討伐の時も、緊張して身体《からだ》が竦《すく》んでしまって……。全然カイゼル先生のお役に立てませんでした……」

ポーラは申し訳なさそうにしゅんとしていた。

「誰しも実戦の時は緊張するものだからな。特にポーラはまだ経験が浅い。慣れると気にならなくなると思うが」

「でも、このままだと対決にも負けちゃいますよね……」

恐らくはそうなるだろう。

実力を発揮できなければ、勝ち目は薄い。

「私が至らないせいで、カイゼル先生の顔に泥を塗ってしまいます」

ポーラはますます恐縮してしまっていた。

「うーむ。メリルの肝の太さをポーラにも分けてあげられたらなあ」

「メリルちゃんは緊張とかしないの？」

「そうだねー。ボクちゃんは人生で緊張したことないから。ポーラちゃんの気持ちが全然分かんないかも」

「そ、そうなんだ……すごいね……」

ポーラは唖然《あぜん》としていた。

メリルが緊張しているところを俺は一度も見たことがない。

いつだって飄々《ひょうひょう》と――そして堂々としていた。

プレッシャーという言葉とは無縁に思える。

「いいなあ。私もメリルちゃんのメンタルの強さにあやかりたいなあ。そうすれば今よりも少しは魔法が上達するのに」

「ふっふっふー。そういうことなら、良い方法があるよ」

「え？」

「要するにどんな時も緊張しないようにすればいいんでしょ？　だったら、うってつけのトレーニングがあるよ」

メリルはぴんと指を立てながら言った。

「ボクがポーラちゃんを鍛えてあげよっか？」

「そんな方法があるならぜひお願いしてみたいけど……。いいの？　メリルちゃんは魔法の研究とかで忙しいんじゃ」

「ポーラちゃんが対決に負けちゃったら、パパが困っちゃうんでしょ？　だったらボクはパパのために協力するよ！」

「あ、そこは私のためじゃないんだね」

「うん♪　ボクはパパ以外はどーでもいいから♪」

清々《すがすが》しいまでの言い切りだった。

もうちょっと建前というのを使ってほしい。

「そうだね。私もカイゼル先生に迷惑は掛けたくないし……。メリルちゃん！　私が緊張しなくなるために協力してください！」

同級生相手に深々とお辞儀をするポーラに、「苦しゅうない」と言いながら自信満々にグーサインを掲げるメリル。

「むふふ。ボクちゃんに任せておいて！」

緊張しないためのうってつけのトレーニングがあるとメリルは言っていたが、いったい何をするつもりなのだろうか。

メリルのことだ。

普通のトレーニングじゃないような気がする。

「不安だ……」

思わず心の声が漏れてしまった。

第六話

「む、ムリだよぉっ！」

王都の住宅街。

広場の手前にある人気《ひとけ》のない路地にポーラの悲鳴がこだまする。彼女はむき出しになった両肩を抱きながら影溜《だ》まりに蹲《うずくま》っていた。

「人前で大道芸をするなんて、そんなことは私にはとてもとても……」

ポーラのメンタルを鍛えるため、メリルが提案したのは大道芸だった。人前に出て芸をすることに慣れれば緊張しなくなるだろうと。

それを聞いた俺はビックリした。

割と筋の通ったトレーニングだったからだ。

荒療治であることは否めないが、一応、理には適《かな》っている。

それに道徳性も保っている。

メリルのことだから、脳を魔法で弄《いじ》って緊張という感情そのものを消してしまえばいいとか言い出すのではないかと思っていた。

けれど、引っ込み思案なポーラにとってはそれでも充分突飛な意見だったらしい。人前で大道芸をすることに激しい拒否反応を示していた。

「人前に出て芸なんてしたことないし、失敗したらと思うとできないよう！」

「へーきへーき。魔法で火の玉を出してお手玉とかするだけだから。それに失敗したら逆に盛り上がることもあるし」

「え？　どうして失敗すると盛り上がるの？」

「人が失敗する姿って面白いじゃん。予定調和が崩れる瞬間ってライブ感あるし。わざと失敗するのは白けるけど、一生懸命やった上でド派手に失敗したら、下手すると成功した時より盛り上がる可能性もあるよ」

「そ、そういうものなんだ……」

「それに皆に注目されるのって、慣れたらすっごい気持ちいいよー♪　その上、お捻《ひね》りも貰《もら》えるんだからサイコーだよね♪」

メリルは人前に出ることにまるで抵抗がない。

むしろ率先して飛び出していくタイプだ。

ポーラが嫌がる気持ちはまるで分からないだろう。

「だいじょーぶ。しんどいのは最初だけだから。慣れたら気持ちよくなるよ。さあ、ボクといっしょに気持ちよくなろう？」

「何だか誘い文句が怖いよぅ！」

メリルはポーラの腕を引っ張ろうとする。

ポーラは路地にある建物の柱に必死にしがみつくと、首をぶんぶんと横に振り、嫌だ嫌だと全力の意思表示をしていた。

「ほらほらー。早く行こうよー♪」

「ムリムリ！　できないよう！　というか、この衣装はなに!?」

「衣装？」

きょとんとするメリルに、ポーラはぶんぶんと頷《うなず》いた。

「すっごく可愛《かわい》いよねー♪」

「そうじゃなくて！　いくらなんでも露出が多すぎるよぅ！　こんな下着みたいな衣装で人前になんて出られないから！」

メリルとポーラが身にまとっている衣装。

それはメリルが大道芸用に特注したものだった。

肩口から胸元にかけて大きく開いており、おへそや太ももが丸出しになっている。下着みたいだと言うのも頷ける露出度の高さだ。

「そう？　ボクは全然気にならないけど」

しかし、メリルはきょとんとした表情。

「むしろボクの可愛さが引き立ってるよねー」

「メリルちゃんは自分に自信があるんだね……。確かにすっごく可愛いもんね。私なんてとてもとても……」

「そう？　ポーラちゃん、可愛いと思うけどなー。それに清楚《せいそ》系な子が露出度の高い服を着ると背徳感が出て魅力的だし」

メリルはそう言うと、グーサインを掲げた。

「ポーラちゃん！　今、すっごいスケベで良い感じだよ！」

「全然嬉《うれ》しくないよう！」

メリルの褒め言葉（?）を受けて、ポーラはますます消極的に。

「ほら。広場に人が集まってきてる。今が大道芸のチャンスだよ」

「ムリムリムリ！　絶対ムリぃ！」

「もう。ごちゃごちゃうるさいなあ。いいや。無理やり連れていこうっと。ポーラちゃんも承認シャワーの気持ちよさを知れば、考えも変わるだろうし」

「いやああああ。カイゼル先生、助けてくださぁい」

メリルに襟首を摑《つか》まれ、ポーラはずるずると広場の方へ連行される。

救いを求めて俺に対して手を伸ばしていた。

……まあ、荒療治ではあるが殻を破るきっかけにはなるかもしれない。これ以上はダメだと判断した時に止めに入ればいいか。

俺はポーラに向かってグーサインを送った。

頑張れという目線を送ると、

「いやあああ！　私にはムリですうう！」

というポーラの切実な悲鳴が返ってきた。

いったいどうなることやら……。

「広場の皆、ちゅうもーく！」

路地から広場へと飛び出していったメリルが元気よく声を張り上げると、広場の衆目が一斉に彼女の方へと集まった。

「どーもー！　メリルちゃんの大道芸のお時間でーす！　今日もいっぱい楽しい芸をするからぜひ見ていってねー」

「あ。メリルちゃんだー」

「芸やるんだってよ。見に行こうぜ」

広場にいた子供たちが続々と集まってきた。

メリルの呼び声を聞いて、わざわざ家から出てくる子もいた。

どうやらかなり人気があるみたいだ。

メリルは広場に人が集まったのを見ると、満足そうにうんうんと頷き、親指と人差し指で輪っかを作ってから言った。

「みんなー。おひねりの方もよろしくねー♪」

「気が早いぞー！」

「そういうことは芸が終わってから言えー！」

ツッコミが飛ぶと、観客がどっと沸いた。

その場の空気が温まっているのを感じる。

きっと今のはメリルなりの摑みなのだろう。

観客の子供たちの視線は、メリルの背中に隠れるポーラへと向けられていた。観客たちの疑問に応えるようにメリルが言った。

「今日は新人の子がいるよ。紹介するね。ポーラちゃんでーす」

「よ、よろしくお願いしまーす……」

衆目の前に押し出されたポーラが、おずおずとお辞儀をする。

「いいねえ。やる気出てきたじゃん。注目されて気持ちよくなってきた？」

「違うよっ！　メリルちゃんにこうやって紹介されちゃったら、挨拶の一つでもしないと変な空気になっちゃうから……！」

「場の空気に敏感になれるのは、芸人の才能があるよ」

「ひーん。何を言ってもポジティブに解釈されるー！」

ポーラは涙目になっていた。

漫談でもしているように見えたのか、観客たちは楽しそうに拍手をしていた。場の空気としてはこれ以上ないくらいに良い。

「まずはファイアーボールのお手玉から♪　ボクが先にやってみせるから、ポーラちゃんは後からついてきてね」

メリルはそう言うと、両手のひらから火の玉を出現させる。二個、三個と増やしながら器用にお手玉をしていた。

　――ちなみに実際にジャグリングしているわけじゃない。ファイアーボールを操作して
そうしているように見せているだけだ。

　観客の子供たちからは拍手が巻き起こった。

　それに気を良くしたのだろう。

「ふっふっふー。まだまだこんなものじゃないよー」

　火の玉を増やすと、更に派手なジャグリングになる。

　それを見たポーラは子供たちと同じように感嘆していた。

「メリルちゃん凄《すご》い……！　詠唱破棄でファイアーボールをいくつも発動させて、ちゃん
と全部制御できるなんて……！」

　魔法使いならではの目線だった。

「ちなみにポーラはどうなんだ？」

「私も一応、ファイアーボールの詠唱破棄はできます。初級魔法ですから。でもあれだけ
の数を制御するのは難しいです」

　なるほどな。

　けれど、初級魔法であっても詠唱破棄で発動できるのなら大したものだ。

　素材は良いものを持っている。

「やっぱりメリルちゃんは凄いなあ……」

「自分の娘に対して言うのはこそばゆいが、あいつはちょっと別格だからな。魔法の才能で敵《かな》う者はそういないだろう」

賢者と称されるだけのことはある。

「ポーラちゃんも早く入ってきなよー」

「う、うん……」

メリルに促され、ポーラは隣に並び立った。

子供たちの期待の眼差《まなざ》しに射貫《いぬ》かれるなり、ポーラは石になった。身体《からだ》が強《こわ》ばり、ガチガチに緊張しているのが端からでも見て取れる。

大丈夫だろうか……。早くも心配になってきた。

「ふぁ、ファイアーボールっ！」

大きく深呼吸をした後、ポーラは大きく手をかざすと声を上げた。頭が真っ白になったのか普通に詠唱してしまっていた。

まずは手のひらから火の玉が出現する。

「——あっ。そうだ。詠唱ナシでするんだった。すっかり忘れてた……！　次はきちんと予定通りにやらないとっ……！」

そこでミスに気づいたが、そのままアドリブで詠唱ありで行けばいいのに、当初の予定に合わせようと詠唱破棄での発動を試みる。

一応、詠唱破棄での発動に成功し、二個目の火の玉が出現——したはいいものの、先ほどのものよりも随分サイズが小さい。

詠唱して発動させた時より、詠唱破棄で発動させた時の方が、込められる魔力量が少ないのだから当然と言えば当然だ。

ただ、かなり不格好ではあった。

「なにあれ。小さーい」

「もしかすると、親子なんじゃない？」

子供たちから声が飛んだ。想像力豊かな解釈も生まれている。

「……あわわ。どうしようどうしよう」

ミスをカバーしようとして、カバーしきれなかった。それどころかむしろ、更なるミスを生み出してしまった。

その事実はポーラをパニックに陥らせたようだ。瞳がぐるぐるになっている。視野がぎゅっと狭まっているのが分かる。

そこからはもうドミノ倒しのように崩れていった。

ポーラは二つの火の玉をお手玉しようとしたが、平静を欠いているからか、制御できずに手のひらで受け止めてしまった。

「あちち！　あつっ！　あついよう！」

当然、耐えられる温度ではないため、火の玉を放り投げてしまう。その拍子に飛んだ火の粉がポーラの服の胸元を焦がした。

「ひゃあ!?　ふ、服が焦げちゃった！」

ただでさえ胸元が開いていた服が更に開《はだ》けてしまう。ほとんど胸が見えていた。

「ひいいいいん……！　もうムリぃぃ！」

顔を真っ赤にしたポーラは胸元を抱くように隠すと、その場に蹲《うずくま》ってしまう。現実逃避をするように身体を縮こまらせていた。

どうやら完全に戦意を喪失してしまったらしい。

「ああ、やっぱりダメだった。メリルちゃんの公演を台無しにしちゃって……。お客さんたちも白けちゃったよね……」

涙目になりながら懺悔《ざんげ》するように呟《つぶや》いたポーラ。

しかし——。

わあああああああああ！

地の底から響くような歓声が、観客たちから沸き起こっていた。

「え……？」

「あの新人のお姉ちゃん、面白いなー！」

「一生懸命だけど、ドジなところが可愛いー！」

「スケベだ！　すっごくスケベだ！」

失敗したにもかかわらず、なぜか爆発的にウケている。

振り返ったポーラは、観客たちの盛り上がりを目の当《ま》たりにして、信じられないものをみるような目をしていた。

公演が始まる前にメリルは言っていた。

失敗したら逆に盛り上がることもある。

一生懸命な姿勢が伝わった上でド派手にミスしてしまった場合、ちゃんと成功するよりも盛り上がる可能性があるのだと。

今回のポーラのミスは、好意的に受け取られたらしい。

「むっ！　ポーラちゃん、ボクよりも注目されてるじゃん！──皆、見て見て！　火の玉の数を増やしちゃうよ！」

メリルはポーラに負けじと火の玉を更に発生させた。高速でジャグリングする。もはや神業と言っても良い領域だ。

しかし、子供たちの反応は鈍かった。

「うーん。凄いのは凄いんだけど……」

「メリルちゃんの芸は完成されすぎてるっていうか。隙がないんだよね。人間味みたいなのが欠けてるっていうのかな」

「ミスしないから、予定調和な感じもするし」

「ポーラちゃんの方が応援してあげたくなるよね」

「ええええええ!?」

下手なりに頑張るポーラの姿は、子供たちの心を摑んだようだった。

頼りなげでハラハラするという点で、子供のおつかいを見守っているような気持ちになるのかもしれない（見守る側も子供だが）。

「むむむむむ……！」

観客の注目を奪われて、メリルは不満そうだった。

ほっぺをぷくりと膨らませ、ポーラを対抗意識むき出しで見据えている。

皆に注目されたり褒められたり、承認シャワーを浴びることを生きがいとするメリルは関心を惹《ひ》きたくて仕方ないのだろう。

「ちゅーもーく！　とっておきの芸を見せちゃうよ！」

声を張って宣言すると、メリルは再びお手玉を披露しようとした。

しかし――。

「あーれー」

棒読みの声と共に、火の玉が手のひらからこぼれ落ちてしまう。

あちち、と同じく棒読み気味に悲鳴を上げると――。

「てへ♪　失敗しちゃった」

舌を覗《のぞ》かせて可愛《かわい》らしくウインクするメリル。

「「…………」」

その光景を前に、観客たちはしんと静まりかえっていた。

「今の絶対わざとだな」

「メリルちゃんがあれくらいの芸で失敗するわけないし」

「はあー。やらせが一番白けるんだよなー」

「あれえええ!?　ポーラちゃんみたいにミスしたらウケると思ったのに！　むしろ逆効果になっちゃってる!?」

わざとらしい失敗は却《かえ》って白けてしまう。

公演前にメリル自身が言っていたことだ。

自認していたはずの禁則事項を破ってしまうほどに、ポーラにだけ注目が集まるというのが悔しかったらしい。

ムクムクと膨れあがった承認欲求に抗《あらが》えなかった。

「うぐ……！　ポーラちゃんに負けちゃった……悔しいいい……！」

「いつの間にか目的がすり替わってないか……？」

どっちが観客にウケるかどうかの勝負をしているわけじゃない。

衆目に晒《さら》されることでメンタルを鍛え、実戦になると緊張する癖を直すためだ。

いくら観客にウケたとしても、緊張する癖が直らなければ、二週間に控えているエトラの教え子との対決には敗れてしまう。

「ふええ……皆に見られちゃってるよう」

観客の視線を受けて、ポーラはすっかり萎縮してしまっていた。瞳にはぐるぐると動揺の渦が巻き起こっている。

……こりゃまだ直ってなさそうだ。
むしろ悪化してしまったかもしれない。
結局、今日の特訓では成果を上げることはできなかった。

第七話

そして翌日。

朝の授業が始まる前、人気《ひとけ》のない学園の廊下にて。

「ポーラちゃんには今日からこの制服を着てもらいまーす」

メリルが魔法学園の制服を掲げながらポーラにそう言った。

メリルの手にある制服は、他の生徒たちが着ている一般的なものとは異なる。

肩から胸元にかけて開いており、ひらひらとしたスカートの丈は、太ももの付け根が見えてしまうのではと思うほどに短い。

昨日の大道芸の際に着ていた服に負けず劣らず露出が多かった。

「ええっ!?　な、何のために!?」

「そりゃもちろん、ポーラちゃんの魔法を向上させるために！」

メリルは親指を立ててグーサインを掲げる。

「私の魔法を……？」

「この服を着てたら、皆から注目されること間違いなしだから。それに慣れたら、ポーラちゃんの上がり症もきっとなくなるよ」

「で、でも、こんなの着られないよ！　皆から凄《すご》い目で見られちゃう！」

「だからこそ、メンタルが鍛えられるんだよ」

とメリルが言った。

「ちなみにそれ、ボクの着てるものとお揃《そろ》いの特注品だから♪」

「あ、ホントだ。言われてみれば……」

ポーラは手元の特注の制服とメリルの着ている制服とを見比べる。

うり二つだった。

「ということは、メリルちゃんがいつも露出度の高い制服を着てるのは、魔法使いとして更に高みを目指すためだったの……？」

尊敬の眼差《まなざ》しでメリルを見つめるポーラ。

しかし――。

「ううん。ボクはただ可愛いから着てるだけ♪」

単なる趣味だった。

「あ。そうなんだ……」

すんと興がそがれたように大人しくなるポーラ。

そもそもメリルは露出を恥ずかしいと感じていない。むしろ、他の人から注目されることに喜びを覚えるたちだ。

「ということで、早速着てみよー♪」

「ムリムリ！　ムリだよう！　絶対ムリぃぃぃぃっ！　私はそんな露出度の高い服を着たら

恥ずかしくて死んじゃうよう！」

メリルに特注の制服を着せられそうになって、全力で拒否するポーラ。昨日、大道芸をする前の路地の光景と全く同じだった。

「えー。着てくれないの？　きちんとポーラちゃんの身体《からだ》のサイズに合わせて、わざわざ特注して作ったものなのに」

「そ、そうなの？」

「そうだよー。高かったんだよー？」

「……ちなみにいくらしたの？」

「えーっと。これくらい？」とメリルがポーラに耳打ちしたのは、普通の家族であれば三ヶ月くらいは楽に暮らせるくらいの額だった。

「えええええ!?　そんなに!?」

「ポーラちゃんのためを思って作ってあげたのにー」

「わ、私のために……？」

「そうだよ。ポーラちゃんに喜んでもらうためになけなしのお小遣いをはたいて、お菓子を買うのを我慢して作ったんだよ」

メリルがそう言うと、ポーラは「うっ」と呻《うめ》いた。

「メリルちゃんがそこまで手間を掛けて作ってくれたんだもん……。なら、このまま無下にするのは申し訳ないよね……」

罪悪感に押されていたポーラは、やがて、覚悟を決めたかのように顔を上げた。そして腹をくった彼女はやけくそ気味に叫ぶ。

「決めた！　私、メリルちゃんの作ってくれた制服を着てみる！」

「おおー！」

メリルはそれを聞いて嬉《うれ》しそうにパチパチと拍手をする。

「ポーラちゃんえらい！　よく言った！」

「ああ、言っちゃった……！　メリルちゃんが私のためにしてくれたことだから。ホントは嫌だけど断れなかったぁ……！」

ポーラは「うぅ……！」と目に涙を浮かべていた。

彼女はどうやら押しに弱いタイプらしい。きっぱりと断ることができない。何だかんだで言うことを聞いてしまうところがある。

将来、悪い男に引っかかってしまわなければいいが……。

「ポーラちゃんいいねえ！　似合ってる似合ってる♪」

特注の制服に身を包んだポーラを見て、メリルが満足そうにうんうんと頷《うなず》いた。

「うう……！　やっぱり断れば良かった……！」

当人はというと、顔を真っ赤にしていた。

短いスカート丈の裾をぎゅっと押さえ、恥ずかしそうにしている。胸元までぱっくりと開いており、卵のようにつるりとした肩は剝《む》き出しだ。

「ポーラの奴《やつ》、いったいどうしたんだ……？」

「急に露出癖に目覚めたのか？」

普段は清楚《せいそ》で通っているポーラの変貌ぶりに、教室の生徒たちはざわついていた。好奇のまなざしが次々と投げかけられる。

それに耐えられないのだろう。

ポーラは両肩を抱きながら恥ずかしそうに叫ぶ。

「見ないで！　こんな私を見ないでぇ！」

「ダメだよポーラちゃん。メンタルを鍛えるためにやってることなんだから。ちゃんと皆に今の姿を見てもらわないと！」

「あ。そっか……。ごめん皆、やっぱり見て！　ほどほどに見て！」

ポーラは羞恥に顔を真っ赤に熟れさせながらも、級友たちに懇願する。突然の変わり身に生徒たちは困惑の表情を浮かべていた。

「見てと言ったり、見ないでと言ったりどっちなんだ……」

「催眠魔法にでも掛けられてるのか……？」

「ポーラちゃん！　もっと両手を開いて！　皆に見てもらおう？　視線のシャワーを浴びて気持ちよくなっちゃおう？」

「ひいいいいん！……」

言われるがままに両手を開き、開放的な体勢になるポーラ。もはや自分でも何をしているのか分からないという感じだ。

その時だった。

ピィーッ！

笛の音が教室に鳴り響いたかと思うと、一人の女子生徒が駆け寄ってきた。

猪《いのしし》のような勢いでやってきた彼女は、メリルたちの前に仁王立ちになる。そしてつんと挑むような眼差しを向けてきた。

凛《りん》とした顔立ち。腰の高さにまで伸びた艶やかな黒髪。足先からつむじまでを一本の芯が貫いているかのような堂々たる立ち姿。

彼女の腕には『風紀委員』という腕章が誇らしげにつけられている。

クラスの委員長であり、魔法学園の風紀委員にも籍を置く彼女――フィオナはメリルを見据えるとかっと目を剝いた。

「メリルさん！　またあなたはそんな格好をして！　過度な露出は風紀を乱すから止《や》めなさいと再三言っているでしょう！」

ずびしとメリルを指さす。

「というか何ですかその制服は！　ほとんど下着じゃないですか！　伝統ある魔法学園の生徒としての慎みを持ってください！」

「えー。ちゃんと慎んでるじゃん」

「全然慎んでません！　どう見てもはっちゃけてるじゃないですか！　むしろメリルさんの思う慎みのない格好とは？」

「それはまあ、全裸とかじゃない？」

「格好どころかそもそも服着てないじゃないですか！　犯罪じゃないですか！　あなたは慎みの基準が普通の人よりも低すぎるんですよ！」

「いやー。それほどでも」

「褒めてません！　叱責してるんです！」

フィオナはそう吠《ほ》えると、

「あと、言いたいのは服装だけじゃありません！　素行もです！　毎日遅刻せずにきちんと学園に来てください！」

「そう言われても朝、起きられないんだよねー」

とメリルがへらへらしながら言う。

「それにほら、ボクってば賢者って言われるほどの魔法使いだから。魔法の研究とか色々と忙しいっていうかー」

「賢者だろうが特待生だろうが関係ありません」とフィオナはむすりとした態度。「私は他の人たちみたいに甘やかしませんから」

「うえー。フィオナちゃんは厳しいなあ」

「それに！」

フィオナの追及の目はポーラへと向いた。

「ひっ！」

「どうしてポーラさんもメリルさんと同じような服装をしてるんですか！　あなたもこの学園の風紀を乱すつもりですか!?」

「これはメンタルを鍛えるためだよねー」

とメリルが補足説明をする。

投げ込まれた藁《わら》を摑《つか》むようにポーラはこくこくと首を縦に振る。

フィオナはそれを聞いて得心したように頷いた。

「なるほど。メリルさんがけしかけたわけですね。ポーラさんは真面目な生徒だし、そうじゃないかと思っていました」

はあ、とため息をついたフィオナ。

「メリルさん。今日という今日は許しません。みっちりと説教します！」

「ええー!?」

「ポーラさんにはお咎《とが》めはありませんからご安心を」

フィオナがそう言うと、ポーラは罪悪感を覗《のぞ》かせた。

「ああ。このままじゃメリルちゃんが主犯だってことにされちゃう……。私のためにしてくれたのに見捨てられないよね……」

ポーラは意を決したようにぐっと手を握りしめると、

「ち、違うの！　私が自分からこの服を着たいって言ったの！」

振り絞るように声を上げた。

「……本当に？」とフィオナが怪訝《けげん》そうな顔つきになる。「ポーラさん。あなたは露出癖を持っていたんですか？」

「そうじゃなくて！　私、上がり症のせいで魔法が上手《うま》く使えないから！　それを直すためにこんな格好をしてるの！」

「いや、だとしても、他にやり方があるでしょう……」

呆《あき》れたようにごもっともなことを言うフィオナ。

「とにかく！　ご自身の意思で着たというのなら、ポーラさんも同罪です。メリルさんといっしょに指導しますから」

「えー」

「ううっ……。でもこれで良かったよね……。メリルちゃんをあのまま見捨てたら、きっと後悔していただろうし……」

その後もポーラの上がり症は改善の兆しを見せなかった。

「うーむ……」

訓練場で的を魔法で撃ち抜く訓練を終えたポーラを見ながら俺は呟《つぶや》く。

時間内に十枚の的に当てることができなかった。

最初は調子が良かった。けれど、連続で魔法を外した途端にテンパってしまい、その後は別人のように当たらなくなってしまった。

「うぅ……。カイゼル先生。すみません」

しょんぼりと項垂《うなだ》れるポーラはすっかり萎縮してしまっている。花が枯れ、ぽきりと茎まで折れてしまったようだ。

俺が何かフォローの言葉を掛けようとすると、

「ひっ」

ポーラは何かの予感に怯《おび》えたように頭を抱えて身構えた。

「どうしたんだ？」

「す、すみません」

「別に謝る必要はないが……」

俺がそう言ったあと何も口にしないのを見ると、ポーラはビクビクしながら、恐る恐る顔色を窺《うかが》うように上目遣いで見つめてくる。

「あの、怒らないんですか？　私がこのままダメだったら、一週間後の決闘に負けて、先生にご迷惑が掛かってしまうのに」

「別に迷惑なんて掛からないよ。それに俺が一度でも声を荒らげて怒ったことがあるか？」

「……そういえばありません」

「パパは優しいからねー♪　家でごろごろしててもアンナみたいに怒らないし。おねだりしても全部聞いてくれるし」

「そこはもっと怒らないといけないと反省している……」

娘に対してはどうしても甘くなってしまう。

いや、今はそんなことはどうだっていいんだ。

「俺は基本、指導の時は怒らないようにしている。相手を頭ごなしに叱りつけても、身にはならないだろうからな」

声を荒らげて怒ってしまえば、相手が萎縮してしまう。

ムチを打って、言うことを聞かせるのが指導ではない——と俺は考えている。生徒自身が考えて気づかなければならない。

指導者はその気づきを与える助言をすればいい。

「メリルちゃんはカイゼル先生に魔法を習ったんだよね？」

「そうだよー。子供の頃からパパにたっぷり仕込んでもらったからね♪　おかげでボクの中はもうパパのアレでいっぱいだよ」

「名詞を省くんじゃない。仕込んだのは魔法でアレは知識のことだと説明しないと。妙な誤解を招きかねないだろ」

「え？　妙な誤解って？」

「卑猥《ひわい》な意味にも聞こえるってことだ」

俺がそう言うと、メリルがにんまりと笑った。

「パパ、そんなこと考えてたんだー♪　おませさんだねー。もしかしてボクのこと、そういう目で見てくれてるの？」

「見てない。娘相手に色目を使うか」

「えー。ボクはパパにそういう目で見てほしいのにー。ちなみにボクはパパと禁断の関係になりたいと思ってるからね！」

「宣言しなくていい」

「……いいなあ」

とポーラはぼそりと呟いた。

「え？　パパと禁断の関係になるのが？　ポーラちゃんも交ざる？」

「違う違う！　そうじゃなくて！」

ポーラは顔を真っ赤にして全力否定する。そりゃそうだ。

「私もカイゼル先生みたいな人に教えてもらうことができてたら、今頃、魔法のことを好きになれてたかもって思ったの」

「ポーラは確かメディス家の生まれだったな」

「は、はい」

俺が尋ねると、ポーラはこくりと頷《うなず》いた。

メディス家と言えば、代々宮廷魔術師を輩出している魔法使いの名家だ。優秀な魔法使いを生み出すことに心血を注いでいるらしい。

ポーラも幼い頃から英才教育を受けてきたのだろう。

もしかすると——上がり症になったのは、そのせいかもしれない。

毎日怒られてばかりいたから、ミスした時に叱咤《しった》を恐れて萎縮してしまう。そういう癖が染みついてしまっているのかもしれない。

「今頃、相手の子はエトラさんの指導を受けて成長してるだろうに。私はダメダメだし、このままだと負けてしまいますよね……」

「まあそう肩肘を張るな。プレッシャーを感じたら更にガチガチになるぞ。ポーラの場合はもっと気楽に構えてるくらいでいい」

俺はそう声を掛けた後、ふと思う。

「そういえば、相手の生徒はどんな調子だろうな」

相手はポーラと同じくらいの魔法の素質を持った生徒だ。

今頃はエトラの指導を受けているはずだが……。上手くいっているのだろうか？　大差をつけられているのではと不安が湧いてくる。

「気になるなら、偵察しにいけばいいんじゃない？」

メリルがのんきに提案してきた。

「……そうだな。あれこれ考えて不安になっているのならいっそ、相手の様子を窺《うかが》いに行くというのはアリかもしれない」

息抜きにもなるだろうし。

「わ、私も相手の人たちの様子が気になります」

「しかしエトラたちはどこにいるやら。訓練場にも姿を見せないし。俺たちに隠れて秘密の特訓でもしてるのか？」

「ボクなら二人の居場所が分かるよ。この王都全体に網を張ってるからねー」

「へえ。何のために？」

「そりゃもちろん、どこにパパがいるか監視するために♪」

「なぜ監視を……？」

「ボクが見てないところで、パパがボク以外の女の子と話してたら嫌だから。何話してるか全部把握しとかないとね」

「今、さらっと恐ろしいことを言われた気がするが……」

聞かなかったことにしておこう。

「メリル、エトラたちの居場所が分かるなら案内してくれるか?」

「はーい♪　任せておいてよ!」

「というわけだ。ポーラ。ここらで一つ息抜きといこう」

「わ、分かりました」

こうして俺たちは偵察へと向かうことになった。


メリルは魔法を用いて、エトラたちの居場所を探し当てた。

「まさか郊外の空き地に結界を張って、その中で訓練をしていたとはな」

エトラは誰も近づけないよう隠遁《いんとん》の結界を張っていた。

周囲に人を寄せ付けず、好きなだけ魔法を使用することができる。

道理で普通に探していても見つからないわけだ。

「しかしメリル、よく気づくことができたな。かなり巧妙に隠されていたのに。俺は全く見つけることができなかったぞ」

「ふっふっふー。ボクにかかればよゆーよゆー♪」

メリルは誇らしげに胸を張った。

「ねえボクちゃん、すごいでしょ?　すごいでしょ?」

「そうだな。さすがだ」

「でへへー♪　パパの娘だからねー」

褒めて褒めてと子犬のようにじゃれついてくるメリルの頭を撫《な》でてやる。承認欲求の餌を口にした彼女はご満悦の表情。

俺たちはエトラの張った結界の内側へと踏み込んだ。

「お。いたいた」

空き地の中央に二人の姿があった。

つばの広い三角帽子をかぶった緋色《ひいろ》の魔法使い――あれはエトラだ。

その対面には指導を受けている女子生徒がいた。

ショートカットの快活そうな少女。

鼻に貼られた絆創膏《ばんそうこう》がトレードマーク。いつも溌剌《はつらつ》としており、彼女がいるだけで周りの空気がぱあっと明るくなる。

クラスの元気印でもある彼女の名前はリーリアといった。

俺たちは二人の様子を、空き地に生えた木の陰から覗《のぞ》き込む。

「今日もよろしくお願いします！」

「ふん。賢者のあたしの指導を直々に受けられる機会なんてそうないんだから。その喜びをひしひしと噛《か》み締めなさい」

「はい！　師匠！　ありがとうございます！」

普通の人であればムッとしかねない不遜な物言いに対しても、リーリアは元気いっぱいに素直な感謝の意を示していた。

「まあ、ちゃんと分かってればいいのよ。分かってれば」

リーリアの愛嬌《あいきょう》を前に、エトラは毒気を抜かれたらしい。刺々《とげとげ》しさを引っ込めると、険の取れた表情を浮かべた。

「……けどま、師匠ってのは悪くない響きね」

その上、まんざらでもなさそうだった。

あの二人、意外と良いコンビなのかもしれない。

「今日はあんたにとっておきの魔法を伝授してあげる。これを覚えたら、必ず次の決闘はボロ勝ちできるはずよ」

「おー！　必殺技ってやつですね！　格好良いー！」

腕組みをしながら不敵な笑みを浮かべるエトラ。彼女の言葉を聞いて、リーリアはふんふんと鼻息を荒くしていた。

「はいはい！　師匠、一つ質問があります！」

「言ってみなさい」

「そんな凄《すご》い魔法、あたしでも使えるんですか!?」

「最初、教室で会った時にあんたの素質を見定めさせてもらったけど。素材は悪くないものを持ってると思ったわ。問題ないはずよ」

「おおー！　賢者様から直々にお墨付きを貰《もら》えた！」

リーリアはぴょんぴょんと飛び跳ねながら喜んでいた。

「あたし、意外と凄い魔法使いだったのかも……？」

「勘違いしないで。悪くないと言っただけよ。仮に才能があったとしても、日頃の鍛錬を怠ればあっという間に落ちていくわ」

　エトラは言った。

「そもそもあたしに比べれば、世の魔法使いは全員凄くないから」

「なるほど！　師匠はあたしが怠けないように言ってくれてるんですね！」

　リーリアは目をキラキラと輝かせていた。

「あんた、すごいポジティブね……。悩みとかないでしょ？」

「ありますよ！　あたし、めっちゃ悩んでます！　今日もこの鍛錬が終わった後の晩ご飯を何にしようか悩みまくりです！」

「あ、そう。幸せそうで何よりね」

　エトラはそれ以上は突っ込まなかった。疲れると思ったのだろう。

「ともかく。リーリアに仕込んだ魔法で、次の決闘はボロ勝ち確定よ。カイゼルがその時にどんな顔をするか今から楽しみね」

　そう言って、にやりと不敵な笑みを浮かべるのだった。

「か、カイゼル先生。リーリアちゃんがそんな凄い魔法を覚えちゃったら、ますます私の勝ち目がなくなりますよね……」

　ポーラがぼそりと不安そうに囁《ささや》いてくる。

てっきり上手《うま》くいっていないんじゃないかと思っていたが。

エトラとリーリアは相性も良いみたいだし、このまま順調にいくと、とんでもない大差がついてしまうかもしれない。

「時間が惜しいからさっさと始めましょ。リーリア、あんたに伝授するのは——爆裂魔法のファイナルバーストよ」

「おおっ！　カイゼル先生が使ってたあの大魔法ですね！」

「何を隠そう、あいつに教えたのはあたしだから」

エトラは自慢げに金色の髪をかき上げる。

「ちなみにカイゼルはあたしの唯一の教え子よ」

「はえー。師匠はカイゼル先生の師匠でもあったんですねー」

「ま、そーいうことね。じゃあ、まず見本を見せるから」

エトラはそう言うと、手のひらをすっと前方に掲げた。

次の瞬間——。

ドガアァァァァァァァン！！！

光ったのと同時に、目の前の景色が爆《は》ぜた。凄《すさ》まじい爆発に地面はえぐり取られ、業火と共に凄まじい爆風が吹き荒れる。

収まった時には、空き地が焦土と化していた。

「うーむ。まずいな」

「ざっとこんな感じね」

　エトラは振り返るとリーリアにそう言った。

「あ、危なかった……」

　もし俺たちがエトラの正面に隠れていたら、今頃吹き飛ばされていた。

　詠唱破棄をした上でもこの威力。

　やはりエトラの魔法使いとしての実力は桁違いだ。

「決闘は的当てをするんでしょ？　ファイナルバーストを使えば、細かいコントロールができなくても全部吹き飛ばせるわよ」

「うおー！　それ型破りでカッケーですね！」

　沸き立つリーリア。

「さあ、今見せたみたいにやってみなさい」

「――え？」

　しかし、そこでフリーズした。

「いや師匠。説明は？」

「したじゃない。今。目の前で」

「師匠！　見ただけじゃさっぱり分かりません！　詠唱のところからちゃんと分かるように言葉で説明してほしいです！」

「えー。言わないと分かんないの？」

とエトラは呆《あき》れたように言う。

「仕方ないわね。耳の穴をかっぽじってよく聞きなさい」

「はいっ！」

「ぐおおーって魔力を練ってそれをどりゃーと放出する。これだけよ。詠唱はそれっぽいことを適当に言ってればいいわ」

「師匠！　全然分かりません！」

「ええ!?　どこがよ!?」

「全部です！」

「はあ!?」

「もっと噛み砕いて教えてください！」

「今のはかなり噛み砕いてあげたじゃない！　あたしからすると流動食よ!?　ただ口を開けてるだけで飲み込めちゃうでしょ！」

「まだ大きすぎて口にも入らないです！」

　とリーリアは元気よく言った。

「意外でした！　師匠って人に教えるのは下手くそなんですね！」

「ちょっ!?　いやいやいや！　え？　あたしのせい!?　絶対違うでしょ！　カイゼルは理解してたわよ!?」

「カイゼル先生は優秀ですから！　あたしには分かんないです！」

「……いやまあ、確かにあいつは呑《の》み込みが早かったけど。そういえば、他の連中に魔法の指導をした時は全員ぽかんとしてたわね……」

エトラはそこではっとした表情になった。

「え？ってことは、なに？　あたしってもしかして、教えるの下手？　それを周りの人の出来のせいにしてたの？」

「きっとそうだと思います！」

「はっきり肯定しないでくれる!?　弟子ならフォローしなさいよ！」

リーリアはウソがつけない生徒なのだ。

「なので師匠！　もっと具体的にお願いします！」

「いや、具体的にって言われても……。あたしはこれでできてるし。感覚をこれ以上言語化して他人に伝えたことなんてないし……」

言葉を振り絞ろうとうんうんと唸《うな》っているエトラ。

しかし、中々上手く伝えられない。

一度目にすればすぐにものにしてしまえる天才肌のエトラにとって、感覚を体系立てて言語化するというのは難しいらしい。

「ヤバい！　どうやって教えればいいのか分かんない！　というか魔法って何？　こんなに難しかったの!?」

とうとうエトラは「うがー」と髪をかきむしり始めた。

頭から煙が出そうな勢いだ。

魔法のことで困っている彼女の姿なんて初めて見た。

「進捗はどっこいどっこいってところか」

……まあ、薄々そうだろうとは思っていたが。

何しろ俺自身、エトラの指導を受けた経験がある。天才だからこその感覚に頼った指導には大いに苦しめられたものだ。

あれを理解できる者はそう多くないだろう。

実際、俺以外に理解できた人間はいなかった。

今も完全には理解できていない。

「でも、ちょっとホッとしました……！」

隣にいたポーラは安堵《あんど》したように胸をなで下ろしていた。俺の視線に気づくと、はっとしたように胸元でパタパタと両手を振った。

「あ。リーリアちゃんの失敗を望んでるとかじゃなくて。大差がついてたらどうしようかと不安だったので……」

「大丈夫。分かってるよ」

ポーラは他人の不幸を望むような生徒ではない。

エトラたちの様子を見るに、劇的に向上するようなことはないだろう。普段通りに戦うことができれば充分に勝ち目はある。

ただ——ポーラの上がり症が発動してしまえば話は別だ。ガチガチになった彼女は普段の半分も力が出せなくなってしまう。

やっぱりこれをどうにかしないとな……。

第九話

「ファイアーボール！　えいっ！」

射出された火の玉は、移動する的の横を逸《そ》れていった。それを確認すると共に、ポーラの身体《からだ》が緊張に強《こわ》ばるのが分かった。

「ポーラ、落ち着くんだ。まだ一発外しただけだ」

「は、はいっ」

平常心平常心と呪文のように自分に言い聞かせるポーラ。

しかし、変に意識してしまったせいでそれは却《かえ》って遠ざかった。その後も一度崩した調子を取り戻すことはできなかった。

「カイゼル先生、すみません……」

「謝る必要はないさ。ちょっと休憩にしようか」

俺はポーラに飲み水を渡すと、訓練場の木陰へと座り込んだ。

ポーラは落ち込んでいるのか、水を飲まずにずっと俯《うつむ》いている。

「ポーラはメディス家の出身だったな。あそこは魔法の名門だろう。子供の頃から魔法の英才教育を受けてたのか？」

「え？」

「単なる雑談だよ。話したくないなら、天気の話でも構わない」

詰問されているわけじゃないと分かって少し安堵したのだろう。ポーラの纏《まと》う雰囲気が柔らかくなったかと思うと、彼女は口を開いた。

「そうですね。子供の頃から魔法使いの家庭教師さんがついていました。その方は祖父や父のことも指導していたみたいです」

「メディス家を代々指導してきたわけか。指導は厳しかったのか？」

「厳しかった――と思います。でもそれは、私の出来が悪かったせいです。毎日のように叱責されてばかりでしたから」

「飴《あめ》と鞭《むち》の鞭ばかりだった？」

俺がそう尋ねると、ポーラは苦笑いと共に頷《うなず》いた。

「ちょっとでもミスしたら、大声で叱責されました。身体で覚えなければならないと、鞭で打たれたこともあります」

「本当に鞭で打たれてたのか……」

こちらはあくまで比喩として言っただけだったのだが……。

「しかし、その指導法は問題があるんじゃないか？」

「祖父や父も同じように指導されたみたいです。でもその結果、二人は立派な宮廷魔術師になることができましたから」

「なまじ成功例があるから、それが正しいと思ってるのか」

その指導法がたまたまポーラの祖父や父に合っていただけかもしれない。九十九人の屍《しかばね》の上に立つ一人の生き残りだというだけかもしれない。

俺からすると、その家庭教師の指導法は時代錯誤ではないかと思う。

恐怖による指導を行っても、人というのは育たない。その結果生まれるのは、命令がなければ何もできない人形ではないか。

「私が悪いんです。私が周りの期待に応えることができないから」

ポーラは自分を責めるように呟《つぶや》いた。

「メディス家の魔法使いとしてふさわしくないと自分でも思います」

……なるほど。

ポーラの上がり症の理由が何となく分かった。

ミスしたら叱責されてしまうという恐怖があり、実際にミスしたら自責の念に駆られて周りのことが見えなくなってしまう。

実際に誰かに叱責されたわけじゃないにもかかわらず。

――これは呪いだ。

家庭教師やメディス家の人間によって掛けられた呪い。

「あ。ポーラちゃんいたいた。探したよー」

「メリルちゃん。どうしたの？」

「いやー。実は今、こっちの方がなくて困ってるんだよね」とメリルはお金を示すように親指と人差し指で○印を作ってみせた。

「おいおい。この前、小遣いを貰《もら》ったばっかりだっただろう」

「えへへー。だからポーラちゃん！　今日の放課後、大道芸しにいこうよ」

「――えっ？」

ポーラは目を丸くしていた。

「大道芸？　お金を貸してほしいとかじゃなくて？」

「ボク、借金だけはするなってアンナに口酸っぱく言われてるからねー。それを破ったら恐ろしいことになりそうだから」

うちの中で一番強いのはアンナだ。

なぜなら家計を握っているのが彼女だからだ。

「でもメリルちゃん、普段は一人で大道芸をしてるよね？」

「そうだけど。ポーラちゃんがいた時の方がお客さんのウケが良かったから。おひねりもたくさん貰えちゃったしね」

「でもでも……」

逃れるための言い分を何とか探しだそうとするポーラ。

しかし、その心情が分かっているからか、メリルは釘《くぎ》を刺すように言う。

「ポーラちゃんの制服を特注したでしょ？　あれですっからかんになっちゃった。ボクの言いたいこと分かるよね？」

「そ、それを言うのはずるいよう！」

メリルの言いたいことは要するにこういうことだ。

あんたの上がり症を直すためにこっちは大枚はたいて制服を特注したのだから、大道芸に協力するのが筋ってもんちゃいますか？

そう言われては、ポーラとしては断りにくい。

当然、メリルはそんな押しに弱い彼女の性格を分かった上でそう言ったのだろう。この前、特注制服を着させた時に学習したのだ。

中々にたちの悪いやり方だった。

「だけど、私は上がり症だから……。この前も失敗しちゃったし。きっとメリルちゃんに迷惑を掛けることになっちゃう……」

「別に迷惑くらい、いくらでも掛けてくれていいよ」

「え？」

「ボク、ポーラちゃんになら迷惑掛けられても嫌じゃないし」

にへらと笑うメリル。

それを見たポーラはきょとんとしていた。

迷惑を掛けられても嫌じゃない。その言葉が理解できないというふうに。

「ポーラちゃんが失敗した時は、ボクがフォローしてあげるし。もし失敗しても前みたいに盛り上がることもあるしね」

だから、とメリルは言った。

「ボクもポーラちゃんに迷惑掛けるから、ポーラちゃんもボクに迷惑掛けてよ。それならお互い様だし気にならないでしょ？」

ポーラは呆然《ぼうぜん》とした表情を浮かべていた。それはきっと、彼女の持ち得ない価値観を突きつけられたから。

「ポーラはもっと、他人に甘えてもいいんだよ」

と俺は言った。

「失敗したって、そこでおしまいってわけじゃない。他の誰かがフォローしてくれる。気にする必要なんてないんだ」

「そうだよー」

「メリルは甘えすぎだけどな」

俺がそう言うと、メリルは「てへっ♪」と茶目っ気と共に舌を覗《のぞ》かせた。この様子からすると全く堪《こた》えていないようだ。

ポーラもこれくらいの面の皮の厚さがあっていい。メリルの面の皮の厚さを分けてあげられればちょうどいいのだが。

第十話

放課後——住宅街の路地裏。

ポーラはメリルと大道芸をするための衣装に身を包んでいた。

学園の制服同様、肩口から胸元に掛けてがぱっくりと大きく開き、太ももの付け根まで見えるのではと思うほど露出度が高い。

空気が肌に直接当たってすうっとする。

「……うう。結局、断り切れなかったよう」

メリルのお金がなくなったのは、ポーラの制服を特注してくれたからだ。自分のためにしてくれたことなのだから、協力しなければ。

それに——。

このままではいけないという思いはポーラにもある。

いつまでも上がってばかりではいられない。

だけど……。

いざ本番を迎えようとすると、頭の片隅に暗い影がよぎる。失敗するのではないかと後ろ向きの予感がこみ上げてくる。

「よーしっ。張り切っていこー」

微笑《ほほえ》みかけてくるメリルには、微塵《みじん》も緊張は感じられない。

——迷惑を掛けてもいいのだと彼女は言った。

ポーラちゃんになら、いくら迷惑を掛けられても嫌じゃない。もし失敗しても、ボクがフォローしてあげるからと。

そんなふうに言われたのは初めてのことだった。

失敗したら、メディス家の名に傷がついてしまう。そう子供の頃から周りに口酸っぱく言われてきた。

失敗できないと、迷惑は掛けられないと思えば思うほど、頭はフリーズし、身体は自分のものじゃないみたいに動かなくなった。

「どーもー♪　メリルちゃんの大道芸の時間だよー」

羽のように軽やかな足取りで広場に駆けていったメリルの元気な呼び声に誘われて、辺りからは続々と人が集まってきた。

注目の視線を浴びると、どんどん身体が強ばってくる。初雪の中に埋められたかのように頭がじんと痺《しび》れて働かなくなる。

視界が狭まり、観客たちの表情が分からなくなる。

「それじゃー。まずはお手玉からね！　ほいほいっと」

火の玉を出現させると、メリルは軽快にお手玉をする。

観客たちの拍手の音が耳朶《じだ》を叩《たた》いた。

メリルの目配せを受けて、ポーラもその後に続こうとする。火の玉を召喚すると、それをジャグリングの動きに合わせて操作する。

二個、三個と数を増やしていく。

複数のファイアーボールの制御。

普段であれば、目を瞑《つぶ》っていても難なくこなせる程度の技。

けれど、失敗できない状況だと思うと、途端に頭と身体《からだ》が言うことを聞かなくなる。本来容易《たやす》くできるはずのことができなくなる。

「――あっ」

操作を誤ってしまい、三個あった火の玉のうちの一つが制御を解かれてしまう。それは観客たちの方に向かっていった。

そして不運なことに、火の玉の先には――男の子がいた。

「あ、あぶない！」

ポーラが叫ぶが、男の子に避けるだけの時間はない。

観客たちの間から悲鳴が上がる。

――ああ、やっぱりまたダメだった……！　しかも私が失敗してしまったせいで、観客の男の子にまで危険が及んでしまった。

ポーラの心が絶望に満たされそうになった瞬間――。

男の子に向かっていた火の玉は、別の方向から飛んできた火の玉にかき消された。相殺されたそれは花火のように小さく光った。

――えっ？

はっとして振り返ったポーラの視線の先には、メリルがいた。

「ビックリしたでしょー。せっかく新入りの子が入ったからね。今日の演目はよりスリルを感じられるようにしてみたよ♪」

星が飛び出るんじゃないかと思うようなウインク。

その茶目っ気に満ちた態度を見た観客たちは、これが演目だと思ったらしい。その場の空気が弾《はじ》けるような大拍手をしていた。火の玉に当たりそうだった男の子も、興奮して頬が上気している。

壊れてしまいそうだった空気は今、逆に熱を帯びていた。

ポーラがそれとなくちらりと視線を動かすと、隣にいたメリルがそれに気づき、にこりと目配せを送ってきてくれた。

――ポーラちゃん、大丈夫だよ。失敗してもボクがフォローするから。

メリルはくいっと指を動かすと、ポーラの手元に火の玉をいくつか移動させた。それらはくるくると円を描くように回る。

メリルが介助してくれている。

ポーラは小さく息を吸ってから、再び火の玉を出現させる。

大丈夫。落ち着いて。一つの火の玉であれば緊張していても制御できる。

ジャグリングをしていると、視界の端でカイゼル先生が見守っているのが見えた。

広場に向かう前、カイゼル先生は助言してくれた。

――ポーラ。実戦になったら、自分のことなんて考えるな。何があろうと、ただ目の前の目的にだけ集中するんだ。

目の前にある目的。

たとえばそれは、戦場であれば敵を倒すこと。

今であれば――観客たちを喜ばせること。

この人たちに喜んでもらう。楽しんで帰ってもらう。

そのためにただ、自分は全神経を注ぎ込めばいい。

もし失敗しても、メリルちゃんがフォローしてくれる。

そう思った瞬間、すっと肩の荷が下りて楽になった。今までずっと自分の内側に向いていた矢印がその時、初めて外側を向いた。

その瞬間、何かが変わったのが分かった。

頭の中がクリアになり、身体を満たしていた緊張が解ける。その時に気づいた。目の前にいる観客たちの表情がはっきりと見えることに。

自分の身体が、ちゃんと自分のものとして動かせる。

ポーラは火の玉を次々と発生させると、それをお手玉のように操作する。

一つ、また一つと増えていく度に、介助していたメリルの火の玉が消える。そしてついに五つの火の玉は全て自分のものになった。

制御を失うこともなく、ちゃんとこなすことができている。

「お姉ちゃんすごーい！」

「もっと見せてー！」

観客たちはそんなポーラの姿を見て、惜しみない拍手を送っていた。なじるでも、叱責するでもなく、歓声を上げていた。

視界に映る観客たちは、皆、自分の演目を見て喜んでくれていた。

その姿を見た時、ふいにポーラの胸に熱いものがこみ上げてきた。

こんな自分でも他の誰かの期待に応えることができるのだ。そう思うと、ずっと身体に染みついていた呪いが少しほどけていくような気がした。

第十一話

ポーラはあれ以来、少し変わった。

大道芸で手応えを掴《つか》んだからかもしれない。

上がり症が顔を覗かせることは減った。

ミスして上がってしまっても、以前のようにパニックに陥ることはなくなった。彼女に掛けられた呪いは薄まったのだろう。

そしてついに決闘の日を迎えた。

「ふん。ちゃんと逃げずに来たみたいね」

エトラとリーリアが訓練場にて待ち受けていた。

辺りには話を聞きつけた大勢の生徒たちが野次馬として見学しにきている。

「てっきり尻尾を巻いて逃げ出したかと思ってたわ」

「お前から詳しい話を聞き出さないといけないからな」と俺は言った。「俺たちが勝ったら洗いざらい話してもらうぞ」

「もちろん。あたしは約束は守るわ。知ってるでしょう?」

「ああ」

歯に衣《きぬ》着せないエトラはその分、正直な人間だ。ウソをついたり、一度交わした約束を違《たが》えるような真似《まね》はしない。そこは信用できる。

「ただし、負けてあげるつもりはさらさらないけどね」

エトラはそう言うと、リーリアの肩に手を置いた。

「リーリア。目にもの見せてやりなさい。賢者であるあたしの教えを受けたんだもの。負けることは許さないわよ」

「はい！　師匠！」

「立会人は儂《わし》が務めてやろう」

魔法学園の学園長であるマリリンが名乗り出る。

「勝負には公平性が求められる。儂と言えばフェア。フェアと言えば儂じゃからの。異論はないじゃろ？」

「ええ構わないわ。あんたがフェアかどうかは知らないけど」

「勝負の方法は的当てじゃったな。不規則に移動する的を、制限時間——今回は一分以内に数多く撃ち抜いた方の勝ちじゃの」

マリリンが動力である魔導器に触れる。

すると、俺たちの前方に並んでいた的が不規則に動き始めた。

「どちらから先に始める？」

「あたしたちからよ。カイゼルたちの戦意を喪失させてやるわ」

「随分な自信じゃのう」

「そりゃそうよ。リーリアにはあたしの持てる魔法知識の全てを教えてあげたから。以前のこの子と同じとは思わないことね」

にやりと不敵な笑みを浮かべるエトラ。

その言葉を聞いた野次馬たちに動揺が走った。

「賢者のエトラ様の知識を全て教えられただと……？」

「リーリアの奴《やつ》、とんでもない進化を遂げたんじゃないか」

「これはもう、リーリアの勝ちに全財産をベットするしかないな」

決闘を賭けの対象にするんじゃない。

「それは楽しみじゃのう。リーリア、準備はいいか？」

「バッチリです！」

「では――始めじゃ！」

マリリンの宣言と共に、魔導器の上に制限時間が映し出される。

「おりゃー！　ウインドカッター！」

戦いの火蓋が切られたのと同時――的から離れた場所に引かれた白線の上からリーリアが魔法を放った。

的を目がけて次々と魔法を撃ち込んでいるうち――。

制限時間が終わった。

「えー。リーリアの得点は十五点じゃな」

計測を終えたマリリンが告げると、ふむ、と小さな顎に手をおいた。

「以前までのこやつと全く同じ成績だのう。中の中というところじゃな。事前の意気込みからすると物足りんのー」

「ちょっ！　はあああああああ!?」

結果を知ったエトラが動揺したように声を上げる。

「ちょっとリーリア！　何やってんのよ！　賢者であるこのあたしの魔法知識を余さず全部教えてあげたでしょうが！」

「いやー。教えてもらったけど、全然分かりませんでした！」

明るい笑顔と共にあっけらかんと言うリーリア。

教えたはいいものの、伝わってはいなかったらしい。

エトラに両肩を掴まれ、激しく揺さぶられながらも、まるで堪《こた》えていないところを見るにリーリアは相当肝が据わっているらしい。

「エトラ様、大見得切ってたのにな」

「魔法使いとしては凄《すご》いけど、教えるのは下手なんだね」

野次馬たちがひそひそと囁《ささや》いているのを耳にすると、エトラは「ぐぬぬ……！」と唇を噛《か》みながら悔しそうにしていた。

「次はポーラの番じゃの」

「は、はいっ」

返事をしたポーラの面持ちは明らかに緊張していた。

「大丈夫だ。目の前の的にだけ集中すればいい」

「ポーラちゃん、楽にいこーよ」

俺とメリルが声を掛けると、ポーラはこくりと頷《うなず》いた。強《こわ》ばってはいるものの、自分を見失ってはいないようだ。

ポーラは的から離れた位置にある白線の上に立つ。胸に手を置くと、深呼吸する。何度かそれを繰り返していた。

「では——始めじゃ！」

マリリンがそう告げると、再び魔導器に制限時間が表示される。

「ふぁ、ファイアーボール！」

ポーラは手のひらを掲げると、詠唱と共に火の玉を放つ。赤い尾を引きながら飛んだ火の玉は勢いよく的を撃ち抜いた。

おおっ、と野次馬たちの間から歓声が沸き起こった。

その後も一個、二個、三個と順調に的を撃ち抜いていった。

しかし——。

五個目の的を狙おうとしたところで、初めて外してしまう。

「——っ」

ポーラの表情に僅かな動揺が走ったのを見逃さなかった。

凪《な》いでいた湖面にさざ波が立つ。

そこからはこれまでの順調さが幻のように連続で的を外していた。

……まずいな。このままだといつもと同じだ。自分の内側にある沼に嵌《は》まり、抜け出すことができずに溺れてしまう。

何か声を掛けた方がいいか――と逡巡《しゅんじゅん》した俺だったが、ポーラの目を見た瞬間、そんなものは必要ないのだと理解した。

彼女の目はまだ、死んではいなかった。

諦めることなく、光を宿していた。

ポーラは一旦魔法を放つのを止《や》めると、胸に手を置いて深呼吸をし始めた。何度かそれを繰り返した後、自らの頬を張った。

「大丈夫……。目の前の的にだけ集中……！」

そう呟《つぶや》くと、再び前方の的を見据えた。

「ファイアーボールっ！」

放った火の玉の軌道には、迷いがなかった。

寸分の狂いもなく的を撃ち抜いた。

今ので調子を取り戻したのだろう。

軽快に的を撃ち抜いているうちに、制限時間が終了した。

「うむ。そこまでじゃな」

とマリリンが静止をする。

「撃ち抜いた的は二十五個。以前までと比べるとめざましい成長ぶりだの。これは学園全体でも上位に位置する成績じゃ」

結果発表を前に固唾《の》を呑むポーラの手を、マリリンは微笑《ほほえ》みと共に取り上げると、その場にいた全員に向けて告げる。

「決まりじゃな。この勝負は——ポーラの勝ちじゃ」

勝敗が決まった途端——野次馬たちの間から歓声が上がる。

労《ねぎら》いの言葉や拍手は全て、ポーラ一人に対して向けられていた。褒められ慣れていないからか、当の本人は居心地が悪そうだ。

「あ、ありがとうございますっ」

ぺこぺこと周りの人たちに一人一人お辞儀をしていた。

「それにしてもポーラ。お主、最近よく励んでいたようだの」

「そ、そんな。私なんかにはもったいないお言葉です」

学園長の賛辞に対して恐縮するポーラ。

「全部カイゼル先生やメリルちゃんのおかげです。私一人じゃ何も……。上がっていただけでした」

「謙虚なのは素晴らしいことじゃが、魔法使いには傲慢さも必要じゃよ。それはあやつらを見ていれば分かるじゃろ？」

マリリンの視線の先には――二人の賢者の姿があった。

メリルとエトラは「？」と怪訝《けげん》そうに小首を傾《かし》げている。自覚がないらしい。まあ裏がないということでもあるが。

俺はポーラに向かって言う。

「俺たちは助言をしただけだ。実際に頑張ったのはポーラだよ。メディス家の家庭教師にも見せてやりたいくらい、素晴らしい腕前だった」

「え、えへへ……」

ポーラは照れくさそうに微笑みを浮かべていた。

元々素質はあったのだ。

今日の経験を糧に、更なる飛躍を見せてくれることだろう。

「さてと。本題に入ろうか」

俺は振り返ると、不機嫌そうなエトラを見据える。

「はいはい。分かってるっての」エトラはふて腐れたように吐き捨てる。「今回はあたしの負けってことにしといてあげる」

「約束は約束だ。洗いざらい全部話してもらうぞ」

第十二話

俺たちの対決が終わると、辺りからは人が引いていった。

訓練場に残っているのは俺とエトラ、メリルにポーラ、学園長のマリリンだけだ。静寂を破るように俺が切り出した。

「エトラ。転送魔法陣からヒュドラを召喚し、王都を襲わせたのはなぜだ？　下手をすると甚大な被害が出ていたんだぞ」

「カイゼル。あんたはどう考えてるわけ？」

エトラが挑むように見据えてきた。

「――あたしは敵だと思う？　味方だと思う？」

その目には妖しい光がちらついていた。

じっとこちらの出方を窺《うかが》っている。辺りに不穏な雰囲気が立ちこめた。

しかし――。

「いや、それは味方だろ」

俺はシリアスな空気を一蹴するようにそう言った。

「……へえ。どうしてそう思うわけ？」

「お前は気に食わないことがあっても、変革を求めるような奴じゃなかった。だから敵に回る理由がない」

　敵に回っていたとすれば――そこには何らかの強い思想があるはずだ。けれど熱さとも言い換えられる愚直さがエトラにはなかった。

　いつだって彼女は冷めていて、諦念を抱いていた。

　どうしてもこれだけは許せないという激情を見たことがない。まあ、世の中バカばかりだしこんなもんでしょという言葉と共に呑《の》み込んでいた。

「精々酒の席で愚痴って、それで終わりだったろう」

「そう言われるとうだつの上がらない奴の感じがするから止めて」

　エトラは反論すると、鼻を鳴らした。

「あんたが知ってるあたしは十八年前のあたしでしょ？　その間に考えが変わることはありえるでしょ。誰かに唆されて、与《くみ》したりね」

「バカ言うな。プライドの高すぎるお前が誰かの下につくなんてあり得ない。それに頭も固いから考えも変わらないだろう」

「あんたねえ！　さっきからあたしのことけなしすぎでしょ！　上等よ！　今からでも敵に回って王都を滅ぼしてやるわ！」

「ということは、敵じゃないんだな」

「――あっ」

　俺がそう指摘すると、エトラはしまったという顔になった。ウソをつけない彼女の反応を前に苦笑してしまう。

「お前は一見すると捻《ひね》くれた奴《やつ》だが、性根はそう歪《ゆが》んでない。仲間なら皆知ってる。何か事情があってのことなんだろう」

「数年やそこらいっしょにいたくらいで、あたしを知った気にならないでくれる？　まだ全部は見せてないから」

エトラはそう言うと俯《うつむ》いてから、

「……ま。あんたの言うとおり、敵ではないけどね」

ぼそりと吐き捨てるように呟いた。

やっぱり思った通りだった。というか、もし本当に敵だったとすれば、俺とレジーナとの任務に同行したりもしないだろう。

「で？　王都を襲った実際のところは？」

「あんたたちのことを試してやろうと思ったのよ」

「試す？」

「百年前、光の勇者が魔王を封印したのは知ってるでしょ？」

「ああ。授業や文献で知っている」

「あの時、魔王を封印した時、眷属《けんぞく》の何人かは討ち漏らしたのよ。命からがら逃げ切った連中は長い間、闇の中に潜伏していた」

「ふむ」

「けどそれが最近、療養を終えて地上に出てきたみたいでね。あたしの仕入れた情報だとこの王都を狙ってるみたい」

賢者であるエトラは世界各地に情報網を張っている。

そんな彼女が言うのなら、眷属が王都を狙っているという情報は確かなのだろう。そうなると事前に備えられているかは大きな差だ。

「魔王の眷属ともなると、それなりに腕が立つでしょ？　王都の連中がどれくらいの実力なのか見定めておこうって」

「それでヒュドラを送り込んできたってわけか」

「あのヒュドラはあたしが調教してあるから。もし誰も止められなかった時は、王都の前で引き返させるつもりだったの」

とエトラは言った。

「実際、それなりの規模の戦いだったけど、死人は出なかったでしょ？　あれはこっちで手加減してたからよ」

「なるほどな」

俺たちが決戦だと思い込んでいたのは、模擬戦だったわけだ。

今振り返ってみると、ヒュドラの動きには不自然な点も多かった。破壊を目的とするには不合理な行動を多く取っていた。

あれは裏でエトラが手綱を引いていたからなのか。

まさか災害級の魔物であるヒュドラが誰かに飼い馴《な》らされているとは思わない。王都にたどり着かれれば一巻の終わりだと思ってしまう。

だから考えが至らなかった。

「……それにしても随分乱暴だな。もっと他にやり方があるだろ」

「あたし、まどろっこしいのとかは嫌いだから」

「こうも堂々と言い切られると、なら仕方ないかと思わず言いそうになるな」

実際、仕方ないということはないのだが。

やっぱり会話の勢いって大事だ。

「それで――見定めた結果はどうだったんだ？　エトラ、お前の目から見て、王都の連中の力量は満足いくものだったか？」

「ダメね。全然ダメ。五点」

「ちなみにそれは十点満点の？」

「百点満点に決まってるでしょ」

エトラはあっさりと切り捨てると、

「騎士団は鍛錬が足りていない、魔法学園の生徒連中の魔法もからっきし。冒険者連中は格上の相手にビビりまくり。五点でも甘い方よ」

「うぅ……」

厳しい物言いにポーラは萎縮してしまっていた。

「随分と手厳しいな……。ちゃんと撃退できてはいただろ」

「それはあんたとレジーナがいたからでしょ。あんたたち二人がいなかったら、本来王都は綺麗《きれい》な更地になってるところよ」

「ま。それはそうかもしれんの」

学園長のマリリンが得心したように呟《つぶや》いた。

「しかし、お主は随分、カイゼルたちのことを買ってるんじゃのう」

「他にマシなのがいないってだけよ」

「それに、手段はともかく王都に危機が迫ってることも律儀に伝えにきたし。やはり仲間と過ごした場所には情が湧いたかの？」

「だから違うって言ってんでしょ。凡人の尺度にあたしを当て嵌《は》めないでくれる？　単なる気まぐれでしかないから」

エトラはそう吐き捨てると、

「今の王都は完全にカイゼルとレジーナ頼りになってる。次世代が育ってない。このままだと先が思いやられるわね」

むすりと腕を組みながら呆《あき》れたように呟いた。不機嫌な猫のような鋭い眼差《まなざ》しは、俺の隣に立つ人物に向けられる。

「特に期待外れだったのは――あんたよ」

エトラがそう言って指を差したのは――。

メリルだった。

「え？　ボク？」

「王都では賢者と呼ばれてるらしいけど、てんで話にならないわね。ヒュドラ相手に手も足も出てなかったじゃない」

「むっ。だってヒュドラは魔法耐性が高かったからだもん」

「あたしなら耐性が高い相手であっても、関係なくぶち破ることができる。ヒュドラ相手に苦戦してるようじゃたかが知れてるわね。まあ所詮、カイゼルから魔法を教わった程度だとこんなもんか」

「むかーっ！　パパのことをバカにするのは許さないよ！　もちろん、ボクのことをバカにするのも許さないけどね！」

「そこはボクのことをバカにするのはいいけどじゃないのか」

「ボクはパパと同じくらい、自分のことも大好きだからね♪　じゃないとこんな露出多い服着ないでしょ」

その場にいた全員が納得していた。

けれど、自分が好きなのは良いことだ。これからも大事にしてあげてほしい。

「というか、さっきから好き勝手なこと言ってるけど。おばさんはどうなの？　ホントは口だけなんじゃないの？」

「おば……はあぁ!?　誰がおばさんよ!?　どう見てもお姉さんでしょうが！　十代と見間

違われるほどの見た目でしょうが！」

　自身を指さしながら吠《ほ》え立てるエトラ。

　まあ確かにエトラの見た目は俺とレジーナと比べるとかなり若々しい。けど、十代と見間違われるとか自分で言うか？

　目を剝《む》いたエトラは唾を飛ばしながらメリルに訴えかける。

「撤回！　今すぐ発言を撤回しなさい！」

「やだねー。おばさん。べーっ」

　しかし、メリルは舌を出してむしろ煽《あお》っていた。

「こ、このガキ……！」

　十代女子の煽り文句を喰《く》らったエトラは、顔を真っ赤にしてわなわな震えていた。精神年齢は同じくらいかもしれない。

「上等よ！　クソガキにあたしの強さを見せつけてやるわ！　決闘よ！　勝った方が十代女子ってことでいいわね！」

「良くないだろ。決闘の趣旨変わってるじゃねえか」

　勝とうが負けようがメリルは十代女子だし、勝とうが負けようがエトラが十代女子ではないということは揺るがない。

「望むところだっ」

　とメリルが言った。

「ピチピチのボクちゃんの方がおばさんより強いってところを見せてあげる」

「……（ビキビキ）」

「あんまり煽るんじゃない。エトラのこめかみがビキビキってなってるから。決闘する前に血管切れて倒れるぞ」

第十三話

そして――。

エトラとメリルは決闘を行う運びになった。

「立会人は今回も儂《わし》が務めよう」

学園長のマリリンが名乗りを上げる。

「決闘のルールはどうする？」

「そんなの必要ないわ。小手先の技術の勝負をして、後からグチグチと言い訳をされても困るしね」

「むっ」

「じゃが最低限のルールは必要じゃ。これ以上は危険、勝負ありと判断した時点で儂が止める」

「ええ。異論ないわ」

「おっけー」

訓練場にて――エトラとメリルが少し離れた距離で相対する。

すでに授業中ということもあり観客は俺たちだけだ。

「メリルちゃん、大丈夫でしょうか……」

「まあ、何かあれば学園長が止めに入ってくれるから」

俺は心配そうに呟いたポーラに言う。

「それより、よく見ておくといい。賢者と称されるような魔法使い同士の決闘なんてそう見られるものじゃない」

「は、はい」

「ふっふーん。パパの前で良いところ見せちゃうもんね。さくっと圧勝してたっぷり頭をなでなでしてもらおうーっと」

メリルはもう勝った後のことを考えているようだ。

「先手は譲ってあげるわ。どっからでも掛かってきなさい」

両手を広げ、大人の余裕を見せつけるエトラ。

……いや、大人の余裕とか言うと、彼女は機嫌を損ねるだろうが。

「おっけー。じゃあいっくよー♪」

メリルは元気よくそう告げると、両手のひらを前方へとかざした。すう、と息を小さく吸い込むと言の葉を紡いだ。

「太陽を覆いし永遠の業火よ、今ここに集い、顕現し、全てを焼き尽くせ」

「――っ！」

俺はすぐに気がついた。

それは超特大魔法であるファイナルバーストの詠唱。

詠唱文が長いため、威力の落ちる詠唱破棄で用いることが多い。

けれど、メリルは長尺の詠唱をゆっくりと時間を掛けて紡いでいた。

先手を譲ってもらったからこそできる芸当。

振る舞いこそちゃらんぽらんな印象があるメリルだが、こういう機転を利かせることができる辺りは抜け目がない。

メリルのもとに集約された魔力はその膨大さから大気を歪《ゆが》めていた。はち切れんばかりに溜《た》まったそれを一気に解放する――。

「ファイナルバースト!!」

ピカッ――と空間が白い光に満たされた。

かと思った次の瞬間だった。

ドガァァァァァァアン!!

エトラの立っていた場所の一帯を、爆発が呑《の》み込んだ。

凄《すさ》まじい轟音《ごうおん》が鳴り響き、爆風が俺たちのもとに吹き付けてくる。王都丸ごと吹き飛ぶのではないかと思うほどの威力。

「パパー。ボクちゃんの魔法見てくれたー?」

こっちに手を振って、すでに勝利を確信した面持ちのメリル。

しかし――。

「そうよ。カイゼルにちゃんと見てもらいなさい。長々と詠唱をしたのに、あたしに傷の一つもつけられないへっぽこ魔法をね」

爆煙が晴れた時、そこには無傷のエトラが立っていた。

クレーターのように地面が抉《えぐ》られている中、彼女の周り――半円状になった部分だけが何事もなかったかのように無事だった。

メリルの方を見据えながら、不敵な笑みを浮かべている。

「むっ……！」

顔色を変えるメリル。

エトラの周りだけ無事という状況を見るに、恐らく防御魔法を使ったのだろう。魔法を防ぐための結界を展開したのだ。

それにしても。

まさかメリルの全力の魔法をいとも容易《たやす》く防いでしまうとは。

エトラの奴《やつ》、昔と同じくらい――いや、それ以上に腕が上がっている。

「先手はくれてやったから。今度はあたしの番ね」

エトラは風魔法を詠唱破棄にて発動させると、宙に浮かび上がった。サーフィンでもするかのように風に乗ると、大気を滑りながら迫ってくる。

メリルはそれを迎え撃とうと次々と魔法を放つ。

しかし、風に乗ったエトラはすいすいと左右に切り替えし、器用に躱《かわ》した。一定の距離まで近づいたところで急激に上昇する。

「チャンス！」

メリルが頭上を見上げた瞬間だった。

強い光が迸《ほとばし》った。

光属性の初級魔法――フラッシュをエトラが発動したのだ。

不意の目くらましに、メリルは「ぎゃあ！」とまぶたを押さえた。視界が奪われ、その場でジタバタともがいている。

けれど、それはやがてピタリと止まった。

背中にエトラの手のひらが宛《あて》がわれているからだ。

「これでまず一勝ね」

そう言って、彼女はにやりと笑った。そして再度、距離を取った。

「何のつもり？」

「まあ、今のでトドメを刺してあげても良かったんだけど。戦術を弄して勝っても、心を折ることはできないでしょ。言い訳ができないくらいの圧倒的な格の違いを見せてやらないと」

「お主は本当に性格が悪いのう」

「ふん、何を今さら。分かってたことでしょ」

エトラはマリリンの苦言を鼻で笑うと、

「見せてあげるわ、クソガキ。あんたがカイゼルから教わったファイナルバースト、その生みの親であるあたしの一撃を」

先ほどのメリルと同じように両手のひらを前方に掲げる。

「太陽を覆いし永遠の業火よ、今ここに集い、顕現し、全てを焼き尽くせ」

詠唱と共に練り上げられた魔力が帯電したように迸る。嵐の前の静けさ、不気味なほどの静寂さが場の空気を呑み込んでいた。

「ファイナルバースト！」

エトラが魔法を発動させた次の瞬間——。

星が吹き飛ぶのではないかと思うほどの爆発が巻き起こった。

メリルの魔法も凄《すご》かった。

けれど、それよりも遥《はる》かに詠唱速度、威力ともに勝っていた。

「うぐ……」

爆煙が収まった時、メリルが地面に仰向《あおむ》けに倒れていた。

防御魔法で防ごうとしたものの、防ぎきれなかったという様子。

それでも、見たところ大きな怪我《けが》はしていなそうだ。

……良かった。

だが力を使い果たしてしまい、戦闘を続けるのは難しそうだ。

「どうやら、勝負ありのようじゃの」

マリリンも同じ判断をしたようだ。

「この勝負、エトラの勝ちじゃの」

「ふふん。当然よね」

エトラは勝ち誇ったように髪をかき上げると歩き出す。メリルのもとにやってくると、鼻を鳴らしながら見下ろした。

「これで尻の青いガキのあんたにも分かったでしょ。どっちが強いのか」

「ぐぬぬ……」

「こんな体たらくを晒《さら》してるようじゃ、魔王の眷属《けんぞく》から王都は守り抜けないわね。あんたの大切なものは全部奪われる」

「き、今日はたまたま調子が悪かっただけだし」

そう呟《つぶや》くと、メリルは気まずそうに目を逸《そ》らした。

「ふふ。悔しくて堪《たま》らないって顔してるわね」

とエトラは愉《たの》しそうに笑う。

「だいたい、あんな戦い方で勝てるわけないでしょ」

「……どういうこと？」

「あんたはただ勢い任せに魔法をぶっ放してるだけじゃない。まるで洗練されてない。お遊戯をしてるわけじゃないのよ」

エトラは呆《あき》れたように肩を竦《すく》めると、

「言っとくけど、あたしとあんたの素質自体はそう変わらないわ。なのになぜ、ここまで力量差があるんだと思う？」

「えーっと。歳《とし》の差？」

「違う」

「ぐえっ」

エトラは手に持っていた杖《つえ》でメリルの鳩尾《みぞおち》を突いた。

お腹《なか》を押さえ、うぐぐ、と呻《うめ》き声《ごえ》を上げるイモムシのように丸まったメリルを見下ろしながら言う。

「あんたに一番足りないのはね、真剣さよ。この戦いには絶対に負けられない――今までそんな背水の陣で戦ったことないでしょ」

「それは確かにないかも……」

心当たりに語尾が弱くなるメリルに、エトラははっきりと告げた。

「結局、あんたは甘えてるのよ。いざとなればカイゼルが助けてくれると思ってる。精神的に自立できてないわけ」

……厳しいことを言うなあ。

俺がそう思っていると、

「言っとくけど、カイゼル。あんたも悪いのよ」

「えっ」

矛先がこっちにも向けられた。

「娘だからって甘やかしすぎ。どうせ何でもかんでも面倒みてやってたんでしょ。自分の尻くらい自分で拭かせなさい」

「……ぐうの音も出ないが。俺がしてやれることはしてやりたい」

「いつまでもあんたが傍《そば》にいてあげられるわけじゃないでしょうが。親は子供よりも先にいなくなるものなんだから」

その言葉はぐっと胸に刺さった。

いつまでも俺が娘たちの傍にいてあげられるわけじゃない――。

その通りだ。

「あんたがいなくなったとしても、ちゃんと自分でやっていけるようにする。それが本当の親の愛情ってもんじゃないの」

「それは……」

何か言葉を先に続けようとして、けれど、空気しか抜けていかない。狼狽《ろうばい》する俺の様子を見たエトラは肩を竦めた。

「そりゃ全部、あたしたちがやってあげられる方が楽でしょうけど。それをしてたら後続の連中はいつまでも育たないわよ」

「…………」

ぐうの音も出ない正論だった。

「エトラの奴、随分とまともなことを言うようになったのう。以前までは他人に興味などまるで持っておらんかったのに」

　マリリンが感嘆したように呟いた。

「お主、さてはどこかで頭でも打ったのか？」

「なんでそうなるのよ。成長したって考えはないわけ？」

「ゴミを漁《あさ》っていたカラスが、街の掃除をするようになったら成長とは言わんじゃろ。頭を打ったのかと心配にもなる」

「前までのあたしのイメージはそんなだったわけ？」

　エトラはむっとした表情になると、ふっと力を抜いた。

「まあ、あたしなりに思うところがあったってだけよ」

　浮かべたのは険の抜けた、穏やかな表情。

　この十八年の間に何かあったのかもしれない。

　それにしても、エトラに言われた言葉——。

　いつまでも俺が娘たちの傍にいてあげられるわけじゃない。その事実が棘《とげ》のように俺の頭の中にずっと残り続けていた。

第十四話

「そうだよなあ。ずっといっしょにいられるわけじゃないからなあ」

その日の夜。

家族が一堂に会する夕食の席にて、俺はふと呟いた。すると、水を打ったかのように場が静まり返ってしまった。

娘たちがぎょっとした顔で俺の方を見つめている。

「パパ、どうしたの急に」

アンナが怪訝《けげん》そうに様子を窺《うかが》ってくる。

「な、何か良からぬことでもあったのですか？」

エルザは慌てふためいていた。

「良からぬこと？」と俺が聞き返す。

「たとえば、莫大《ばくだい》な借金ができて、夜逃げしないといけなくなったとか……」

「メリル、借金だけはしたらダメって口酸っぱく言ってあったでしょう。それで？　どこにいくら借りてたの」

「え。どこにも借りてないけど」

「借金ではないとすると、不祥事を起こしてしまったとか……？」

「メリル、いったい何をやらかしたの？」

「ちょい待ち！　どーしてボクだって決めつけてかかるのさ！」

「うちで不祥事を起こすのなんて、メリルしかいないからよ」

「ひどい！　言っとくけど、不祥事を起こしそうな人より、そんなイメージのない人の方が意外とやらかしがちだからね!?」

メリルはそう言うと、二人の娘たちの方を指さした。

「うちで言うと——ボクよりエルザとアンナの方が不祥事を起こすよ！」

「わ、私ですか？」

「へえ。私たちが何をやらかすわけ？」

「エルザはお菓子の拾い食い、アンナは業務上横領」

「わ、私はそんな意地汚いことはしません！」

「バカらしい。というか、なんで私だけちゃんとした犯罪？」

アンナは呆れながらそう一蹴すると、

「メリル。私たちにちゃんと自分の行いを話しなさい。騎士団長とギルドマスターの権力を使えばもみ消せるかもしれない」

「だから何もしてないってばぁ！」

「というか、さりげなくもみ消そうとするんじゃない」

権力を濫用してはいけない。

「別に夜逃げする予定はないよ。今日、昔の知り合いに会ってな。その時に言われたことを思い出してたんだ」

「昔のお知り合いというと――レジーナさんですか？」

「あいつとも組んでいた他の仲間だよ。エトラっていう魔法使いなんだが。思ったことはズケズケと言ってくる奴《やつ》でな」

そのせいで周囲にはあまり人が寄りつかないのだが。

俺はそういうところが嫌いじゃなかった。

今回の件――俺が娘たちを甘やかしているとか、いつまでも傍にいられるわけじゃないと忠告してきたことについてもそうだ。

本来なら火種になりかねないから、言わなくてもいいことだ。それを争いになるリスクを負ってでも言ってくれた。

おかげでこうして考えるきっかけになった。

「そういえば、皆には友達はいるのか？」

「友達……ですか？」

「いや、娘たちの交友関係をあまり把握してなかったから。ちゃんと家族以外の人間と関係を築けてるのか気になってな」

人間は他人と繋《つな》がることで生きていける。

娘たちに家族以外の繋がりがあるのか気になった。

「そうですね。騎士団の皆とは組織を円滑にするためにもよく話しますね。女性陣とは休日に街に出たりもします」

「そこでこっそりスイーツ会を開いてるのよね」

「な、なぜそれを!?」

「ふふん。ギルドマスターの情報網を舐《な》めないでくれる?」

エルザは「ううっ……まさか知られていたとは」と恥ずかしそうに耳を赤らめる。彼女は甘いものを食べるのを軟弱な行いだと捉えているのだ。

「……それと友人ではありませんが、街の人たちにはよくしてもらっていますね。巡回の際にお茶を頂くこともあります」

エルザは誠実な仕事ぶりから、街の人間に慕われている。とっつきにくく思われていた騎士団のイメージを変えたのも彼女だ。

「それにナタリーさんにも慕っていただいてます。ただ、それは友人というよりは、上司としてという感じですが」

「ああ、あの子か……」

ナタリーは騎士団の女騎士であり、エルザのことを慕っている。

しかしそれは上司でもなければ、友人としてでもない。意中の相手としてだ。その秘密を知っているのは俺だけだが。

いずれにしても、エルザはちゃんと周りとの関係を築いている。

「アンナはどうだ？」

「うーん。友達って言えるのは、モニカちゃんくらいしかいないかも。他のギルド職員は年齢も離れてるしね」

「そうか。仕事以外の付き合いは？」

「最近、バーの女マスターと仲が良いくらいかしら。よく愚痴を聞いてもらってるの。それも今は残業続きで行けてないけど」

　アンナは「エトラさんのおかげでね」と忌々しそうに呟《つぶや》いていた。もしエトラがこの場にいたらまた首を絞めていたかもしれない。

　アンナもちゃんと自立しているようだ。

　だが、問題は……。

「メリルはどうだ？」

「一人もいないよん♪」

　メリルがあっけらかんとした表情でそう答える。

「……学園以外は？」

「一人もいないよん♪」

　笑顔だった。

「ボクにはパパだけいてくれれば、それで充分だから♪」

「………………」

友達がいないから強がって言っている——という様子ではない。心の底から本気でそう思っているのが伝わってくる。

「メリル。言っておくが、俺はいつまでもいっしょにいられるわけじゃない。親の俺の方が先にいなくなるんだからな？」

「だいじょーぶ！　ボクが今、不老不死の研究をしてるから！　それが完成すればずっといっしょにいられるよ♪」

さらっととんでもないことを口にするメリル。

不老不死。

それはこれまで多くの者たちが実現しようとしてできなかったことだ。

「そうすれば、エルザともアンナともずっと暮らせるね」

「メリルなら実現してしまいそうなのが怖いですね……」

「この子、魔法に関してだけは本物だから」

「メリル。そういう問題じゃないんだ」

俺はメリルの目を見据えると、諭すように言った。

「俺には俺の人生があるし、メリルにはメリルの人生がある。エルザもアンナもそれぞれ自分の人生がある。だから、親子であってもずっと傍にいることはできないんだ。いつかは離ればなれになる日が来る」

「パパ……？」

普段とは違う俺の様子に、メリルは戸惑っていた。

俺は微笑《ほほえ》みを浮かべると、やんわりと尋ねる。

「メリルは俺のことが好きか？」

「う、うん。もちろん」

「俺もメリルのことを愛している。だからこそ心配なんだ。俺がいなくなってもちゃんと一人でやっていけるのか」

エトラは俺に言った。

『あんたがいなくなったとしても、ちゃんと自分でやっていけるようにする。それが本当の親の愛情ってもんじゃないの』

そのとおりだと思った。

俺は娘たちのことを可愛《かわい》がってきたが、それは甘やかしているだけで、彼女たちのためにはなっていなかったのかもしれない。

「……パパはボクに友達を作ってほしいんだね」

「まあ、そういうことだ」

「友達を作ったら、パパはボクのことをもっと好きになってくれる？」

「え？　あ、ああ。そうだな」

「そっかー♪　分かった！　パパが言うなら、友達作ってみる！」

「そうか！　分かってくれたか！」

「んー。でも、ホムンクルスは作ったことないんだよね。上手《うま》く作れるかなあ。一週間もあれば作れると思うんだけど」

「分かってないじゃないか……！」

思わず頭を抱えた。

「俺はメリルに繋がりを作ってほしいんだ。俺たち家族以外の他人との繋がりを。ホムンクルスはそうじゃないだろう」

関係性が対等じゃない。

創造主とその創作物になってしまう。

「どうせなら、学園の生徒とかにしてくれ」

「えー。面倒臭いなー。まあ、パパのためならやるけどさあ……」

不承不承という様子のメリル。

だが、一応やる気はあるようだ。

自分の尻は自分で拭けるようにさせる。メリルにとっては親離れであり、俺にとっては子離れの良い機会だ。

第十五話

「ふーん。メリルが友達をねえ」

　魔法学園の校舎内の廊下。

　俺の話を聞いたエトラがそう呟いた。

「ああ。俺や家族以外の繋がりができれば少しは変わるんじゃないかと思ってな。今まで
は俺も甘やかしすぎていた」

「あんたが親バカだってのは否定しないけど」

　とエトラは言った。

「あの子が学園の連中とそう簡単に仲良くなれるかしらね」

「どういう意味だ？」

「ま。見てれば分かるんじゃない」

　俺とエトラはさりげなく教室の中を窺《うかが》う。ちなみに隠遁《いんとん》魔法を使っているため、俺たち
が他の生徒に注目されることはない。

　ちょうど授業終わりのチャイムが鳴り響くところだった。

　机に突っ伏して居眠りをしていたメリルが、むくりと顔を上げた。ふああ、と眠たそう
にあくびを漏らすと、口元のよだれを手の甲で拭う。

「あいつ……また居眠りをして」

「ま、賢者にとっては、授業なんてのは退屈でしかないでしょうし」

メリルは「んーっ」と大きく伸びをすると、後ろの席へ振り返った。黒板の板書をノートに写していた女子生徒に声を掛ける。

「ねーねー。ボクと友達になってよ！」

「えっ!?」

女子生徒がぎょっとした表情になる。

「あたしが？　メリルさんとお友達に？」

「うん♪　いいでしょ？」

「そんな！　賢者のメリルさんと友達だなんて恐れ多すぎます！」

「気にしなくていいよー」

「こっちが気にするんです！　というか、なぜ急に……？」

「ボクがパパに褒めてもらうために！」

「カイゼル先生に……？　どういうことかさっぱり分かりませんが……とにかく！　他の人を当たってください！」

「えー……」

拒絶されてしまい、メリルはふて腐れていた。頬をぽりぽりと掻《か》くと、今度はその隣に座っていた生徒に声を掛けた。

「うーん。じゃあ、そっちの子でいいや。友達になろう？」

「ノリが軽すぎるでしょ」と別の女子生徒は苦笑する。「私もパスかな」

「どうして？」

「メリルちゃんは雲の上の人って感じだから。私とは合わないかなって。あと、その格好の人といっしょにいるのはちょっと……」

「え？　ウソ？　可愛くない？」

「可愛いのかもしれないけど、少なくとも隣は歩きたくないかな」

「えー……」

　メリルは女子生徒の正直な意見にビックリしていた。

　まあ、あの露出度だと周りから奇異の目で見られかねないし。いっしょにいるのに抵抗を覚えるというのもムリはない。

　彼女のあの服装は、とっつきづらさを増強しているのかもな。

「よしっ。ひらめいた！　こうしよう！」

　何か良い案を思いついたのだろうか。

　メリルは席を立つと、教室の前方にある教壇の上へと立った。そこからすり鉢状に配置された席に座る生徒たちを見回すと――。

「はい皆！　ちゅーもーく！」

　パンパンと手を鳴らし、呼びかけた。

生徒たちの視線が壇上に立つメリルへと集まる。

「今からボクがクラスの皆に決闘を申し込みます！」

「決闘……？」

「なんだそりゃ？」

「勝った人は、負けた人に何でも言うことを聞かせられる！　ボクが勝ったら、負けた人には友達になってもらいまーす♪」

有無を言わさずに条件を突きつける。

「それじゃいっくよー！　ファイナルバースト――」

メリルの掲げた手のひらに魔力が集まり始めた途端、悲鳴が巻き起こり、生徒が雪崩《なだれ》のように教室から逃げだそうとした。

今まさに教室が焦土と化そうとした時だった。

「ちょっとちょっと！　何してるんですか！」

クラス委員であるフィオナが慌てて駆け込んでくる。

「メリルさん！　ストップストップ！」

「あ、フィオナちゃんも参加する？」

「しません！　というか何ですかこれは!?」

「友達作りだけど？」

「どこが!?　完全に破壊活動じゃないですか！」

フィオナは近くにいた生徒から話を聞き、概《おおむ》ねの事情を把握すると、はあ、と額に手をついて大きなため息を漏らした。

「呆《あき》れました……。決闘で下した相手を友達にしようなんて」

「名案でしょ？」

「そんなことで作った友達は、本当の友達ではありません」

「じゃあもう、フィオナちゃんでいいから」

「お断りします！」

フィオナはすっぱりと切って捨てた。

「メリルさんのように学園の風紀を乱す方と親交を持つことはできません。風紀委員の私の見識が疑われますから」

「えー……」

「それと、私の場合は凄《すご》く妥協した言い方だったのが気に入りません。じゃあもうってなんですかじゃあもうって。本命じゃないのが丸出しじゃないですか。そんな仕方なしの関係なんて長続きしません」

腕組みをしてぷいと顔を背けてしまうフィオナ。

まるでとりつく島もないといった様子。

「ほらね。あたしの言った通りだったでしょ」

フィオナとメリルのやりとりを眺めていると、隣にいたエトラが囁《ささや》いてきた。

「賢者と称されるくらい才能がある奴《やつ》が、有象無象と仲良くなれるわけないでしょ。天才を凡人は理解できないもの」

「それは自分の実体験か？」

「あたしの場合は、歩み寄ろうともしなかったけどね」

メリルは村にいた頃も学校の生徒たちと仲が良くはなかった。才能のある彼女に、周りは近寄りがたく思っていたみたいだ。

メリルもそれを察してか、あるいは他人に興味がなかったからかは知らないが、彼らに歩み寄ろうとすることはなかった。

その弊害なのだろう。

先ほどのクラスメイトとのやりとりを見ていて思ったことだが、メリルは他人との距離の詰め方がかなり極端だった。

ちょうどいい加減というのが分からないのだろう。

「ま、道のりは険しそうね。音を上げるのが先かもしれないけど」エトラがそう言うのと同時にチャイムが鳴り響いた。

「――っと。そろそろ時間ね」

「ん？　どこにいくんだ？」

「次の授業だけど」

「お前、講師になったのか？」

「非常勤だけどね。冒険者の依頼で得たお金をカジノで摩《す》って、借金をこさえたところをマリリンに肩代わりしてもらったの」

「なんだそりゃ。初耳だぞ。——で、返済のために講師業を？」

「冒険者としての依頼だけじゃ追いつかないから。まあでも、日銭を稼いだらすぐカジノに行って増やして完済するけどね」

「……お前もメリルもそうだが。賢者と呼ばれているのに、魔法以外のこととなると愚者でしかない行動をするよな……」

天才というのはどこかネジが飛んでいるのだろう。きっと。

第十六話

「パパー。友達の作り方、わかんなーい」

学園が終わった後の夜。

メリルは酒場のテーブルに突っ伏しながらそう言った。

「というか、皆、全然友達になってくれないじゃん！　ボクちゃん仲間はずれ！　可哀想《かわいそう》だから頭をなでなでして！」

「はいはい」

俺は言われるがまま、メリルの頭を撫《な》でてやる。

「でへへー♪　生き返るー♪」

「だからそれが甘やかしてるんだっつの」

と傍《そば》に座っていたエトラが呆れ混じりに言った。

「頭を撫でてと言われたら、頬を張るくらいじゃないと」

「それは厳しすぎるだろ」

というか、子供に対して手を上げさせようとするんじゃない。

「ふむ。メリルくんが悩んでいるとは珍しいな」

俺たちの対面に座る男が、メガネのつるを持ち上げながら呟《つぶや》いた。

メリルはそこでようやく存在に気づいたように言う。

「あれ？　どうしてノーマン先生たちがここに？」

「メリルくん、それは違うな。我々がお邪魔しているわけではない。君が我々の飲み会にお邪魔しているのだよ」

「つーか、なんであたしまで連れてこられてんのよ」

俺たち側の席に座るエトラが不満そうに呟いた。

「エトラさんも我々と同じ講師だからな。歓迎会だ。それに、賢者と称されるほど高名な魔法使いの話をぜひ拝聴したかった」

授業終わりのことだった。

俺のもとに来たノーマンが手を合わせて頼み込んできたのだ。

エトラと話すことのできる場を設けてほしいと。

ノーマンは賢者であるエトラのことを尊敬しているらしく、ぜひ一度、面と向かって話をしてみたいということだった。

そういうことならと俺からエトラに声を掛けた。そして渋っていた彼女をどうにかここに連れてきたのだった。

「ここは大人同士が魔法について熱く議論を交わす場。子供はおねむの時間だ。君は家に帰って明日に備えて床につきたまえ」

メリルを退席させようとするノーマン。

すると――。

「いいじゃない。人数が多い方が賑《にぎ》やかで楽しいし」

そう口にしたのは、ノーマンの隣に座っていた女性――イレーネ。

メガネの似合う理知的な顔立ち。クールビューティーという言葉が似合う風貌。彼女は俺たちの同僚講師だった。

「イレーネ先生……」

ノーマンはイレーネを前にだらしなく鼻の下を伸ばしていた。

「うむ！　彼女の言う通りだ！　酒の席というのは大勢いた方が盛り上がる。メリルくんも歓迎しようではないか！」

イレーネの言葉を聞くなり、高速で手のひらを返す。ノーマンは同僚である彼女に気があるのだった。

「イレーネ先生は以前、エトラさんと話してみたいと言っていた。私の取り計らいにより実現した今日の会を楽しんでくれたまえ！」

まるでエトラを誘致したのは自分だという振る舞い。

気難しい彼女をどうにかなだめたのは俺なのだが……。

意中の相手であるイレーネを前に、良いところを見せたいのだろう。

その魂胆が見抜かれているのか、イレーネは苦笑いを浮かべていた。押しつけがましさに引いているだけかもしれない。

「それよりメリルさん。友達作りに悩んでいるのね？」

イレーネはさらりと話題を変えた。

「んー。そうなんだよねー」とメリルは手元のオレンジジュースを飲む。「どーやったら友達ができるのかなー」

「友達など別に必要ないではないか」

「えっ」

ノーマンが根底を覆す発言をしたものだから驚いた。

「どゆこと？」

「魔法使いは魔法を探求するのが本分。くだらん馴《な》れ合いなど必要ない。賢者と呼ばれるほど才のある者なら尚更《なおさら》だ」

ノーマンはそう言うと、

「友達など作らず、魔法に殉じることこそ崇高な生き方だッ！」

大仰に両手を広げ、演説でもするかのように語った。

「ふむふむ。なるほど」

メリルはちょっと納得の方に傾いている。

すると。

「私はそうは思いませんね。友達がいた方が豊かな人生を送ることができます」そう異議を唱えたのはイレーネだった。

それを耳にしたノーマンは不服そうに表情を歪《ゆが》める。

「ほう。イレーネ先生の意見といえども、それは聞き捨てならないな。魔法使いに馴れ合いなど不要だろう」

「馴れ合いは必要ありませんが、互いに切磋《せっさ》琢磨《たくま》することで高みを目指せます。お互いに良い影響がありますよ」

「ふん。それは凡俗の発想ですな」

ノーマンはメガネのつるを指で押し上げると食ってかかる。

「切磋琢磨する時間があるのなら、一人で鍛錬した方が効率がいい。人付き合いのコストを考えると無駄でしかない」

「私にはノーマン先生が本心からそう思ってるとは思えませんけど」

「……何ですと？」

「ご自分に友達がいなかったから、それを正当化するために仰《おつしや》ってませんか？」

「ば、バカなことを！　勝手なことを言うのは止《や》めていただきたい！」

声を荒げるノーマンの表情は引きつっていた。

「ですが、学園内でじゃれてる生徒を見ると小さく舌打ちしてますし、仲睦《むつ》まじいカップルを見ると理不尽に怒鳴っていますよね」

その光景は俺も目撃したことがあった。

学園内にいるカップルを目にするやいなや駆け寄っていき、

『ここは神聖な魔法の学《まな》び舎《や》だ！　猿のようにイチャイチャする場所ではない！　今すぐ退学にされたいか!?　おお!?』

目を剝《む》きながら、取り憑《つ》かれたように怒鳴り散らしていた。端から見ていると鬼気迫る光景だったし、実際生徒たちもドン引きしていた。

「あれはご自分が友達も彼女もおらず、魔法に邁進《まいしん》するしかない寂しい学生生活を送ったコンプレックスの裏返しでは？」

「うぐっ……！」

指摘を受けて頰を引きつらせるノーマン。

ただ、とイレーネが呟いた。

「女子同士が仲よさそうにしている時だけは、なぜか穏やかな微笑《ほほえ》みを浮かべて、つうっと涙を流していたようですが」

「百合《ゆり》は尊いものでしょうがッ！」

ドンッ!!

ノーマンは想《おも》いを込めた拳をテーブルに叩《たた》きつけた。

「……何こいつ、ベロベロに酔ってるの？」

「いやまだ一杯も飲んでない。完全にしらふだ」

「そうさ！　私だってなぁ！　友達や彼女が欲しかったさ！　放課後、彼女と制服デートをしたいだけの人生だった！」

うおおおお、と獣のような咆哮《ほうこう》を上げてテーブルに突っ伏すノーマン。

「私の青春コンプレックスはどうすれば消えるんだああああ！」

「やっぱりこいつ、できあがってない？」

「いやまだ一杯も飲んでない。完全にしらふだ」と俺は全く同じセリフを繰り返した。

「怪しい薬をやってたりということもない」

「しらふで異常なのはことさらにヤバいでしょ」

「メリルさん、見て分かったでしょう？　友達がいなければ、こうして後々青春ゾンビに成り果てることになります」

イレーネが諭すように言う。

「それに本当の友達というのは、道を誤った時に正してくれます。自分一人だと歪んでも矯正できずにこうなってしまいますよ」

反面教師扱いされてしまうノーマン。

「うーん。そっかぁ」

イレーネに説かれたことによって、メリルの中の天秤《てんびん》が傾き始めた。

もう一押しすれば説得できるんじゃないか？　そう期待した時に、俺たちの背後から凜《りん》とした声が響いてきた。

「――いいや。友人などというものは無用だ」

「レジーナ!?」

振り返ると、後ろの席にはレジーナの姿があった。

一人飲みを楽しんでいたのだろう。

テーブルの上には空になったジョッキが並んでいた。

「群れなければ生きていけないのは、弱い者である証《あかし》だ。誰とも群れずに孤高な生き方を貫くことこそが強者なのだ」

「おおーっ」

断言するように強く言い切ったレジーナに、メリルは感化されているようだった。傾きかけていた天秤がまた元に戻ってしまう。

マズいな。メリルには家族以外の繋《つな》がりを作らせようとしているのに。

……ここはレジーナの主張に横やりを入れるとしよう。

「でもお前、俺たちと組んでたじゃないか」

「ぬっ!?」

俺が指摘すると、レジーナは言葉に詰まった。

「あれは……お前たちがしつこく迫ってきたから仕方なくだな」

「レジーナは嫌だったたってわけか？」

「べ、別に嫌だというわけではないが」とレジーナは呟いた。「むしろ、私の人生であの時間は一番充実していた——むぐっ！」

酔いのせいで、つい口が滑ってしまったのだろう。

レジーナは自分の口を塞ぐと、テーブルに額をガンガンと打ち付けた。周りの客たちは突然の奇行にドン引きしていた。

「何こいつ、べロべロに酔ってるの？」

「レジーナの場合はちゃんと酔ってる」

呆《あき》れた様子のエトラに言うと、俺はメリルに向き直る。

「今のレジーナの言葉を聞いただろう。彼女は俺たちとパーティを組んでいた期間が一番充実していたと言っていた」

「友達とか仲間はいた方がいいってこと？」

「そういうことだ」

俺が頷《うなず》くと、イレーネがメリルに言う。

「大人になっても友達がいなかったら、彼女のように夜の余暇は酒場で一人寂しくお酒を飲むだけの生活になっちゃいますよ」

「――ごふっ！」

イレーネのド直球な物言いに、レジーナは吐血した。

ドラゴンの攻撃でさえ受け止めるだけの高い防御力を誇るレジーナだが、言葉のナイフに対する防御力は低かったようだ。

「んー。それはちょっとイヤかも」

「勘違いするな！　私の場合は好きで一人酒をしているだけだ！　本気を出せば飲む相手

の一人や二人くらい調達できる！」

「具体的には誰よ」

「そ、それはだな。色々だ」

「あんた、昔からずっとぼっちだったじゃない。見栄《みえ》張ってんじゃないわよ。素直に友達がいないって認めなさい」

「それを言うならお前もだろうが！」

レジーナはエトラに向かって吠《ほ》える。

「かつてお前は私以上に厭世《えんせい》的だっただろう。それが話を聞いていたらなんだ！　最近は魔法学園の講師も務めているらしいな。世の中を憎み、周囲の人間を見下していたくせにいったいどういう風の吹き回しだ？」

「ギャンブルでできた借金を返すためよ」

「だが、かつてのお前ならそれすら踏み倒していたはずだ。約束を破ろうが、それに対する制裁を気泡に返せる力があるのだからな」

「さらっと悪評を広めるのは止めてくれる？　踏み倒したことなんてないから。ひたすら返済を先送りにしてただけだから」

「それもダメだろ」

ほとんど踏み倒しているみたいなものじゃないか。

「……ま。あたしにも色々と思うところがあったのよ。いい加減、自分のために生きるのにも飽きてきたし」

エトラはそう言うと、

「この子を見てると、昔のあたしに似てるところがあるから。気になるというか、どこか放っておけないのよね」

「エトラさんとボクの似てるところって、おっぱいが小さいところ？」

「違う。ぶっ飛ばすわよ」

「生意気なところだろう」

「違うって言ってるでしょ」

「ジャンルは違えど、ダメ人間というところじゃないか？」

「あんたたち、悪口言いたいだけでしょ。喧嘩《けんか》を売りたいって言うなら上等よ？　今すぐ表に出なさいよ。ボコボコにしてあげるから」

何だかんだ飲みの席は盛り上がっていた。

口げんかをしたり、それを見て楽しそうに笑っている他の面々を眺めながら、俺は隣に座るメリルの頭にぽんと手を置いた。

「まあ、もうちょっと頑張ってみろ。友達や仲間がメリルに必要かどうかは、実際に付き合ってみないと分からないからな」

メリルはオレンジジュースを飲みながら、「んー」と小さく頷いた。

第十七話

翌日の朝。

メリルは魔法学園の教室の机に突っ伏していた。

「うーん。どうしよっかなー」

突き出した上唇と鼻の間にペンを挟んで思案している。

「おはよう、メリルちゃん」

すると、登校してきたポーラが声を掛けてきた。

「あれ？　ポーラちゃん、昨日いなかったよね？」

「家の用事があってお休みしてたの」と答えるポーラ。「それよりどうしたの？　何だか悩んでたみたいだけど」

「友達の作り方が分かんなくってねー」

挟んだペンをピコピコと揺らす。

「友達？」

ポーラが尋ねると、メリルは小さく頷いた。

「パパに褒めてもらうために友達を作らなきゃいけないんだけど。クラスの皆に声を掛けても上手《うま》くいかないんだよね」

「どーやって作ったの？」

「どうって言われても……。ポツポツと話すようになって、それから気づいたらいっしょにいたというか」

「えー。ちゃんと再現性のある理論で説明してくれないと分かんないよ。友達作るのって魔法を生み出すより難しい！」

「私からすると、魔法の方がずっと難しいと思うけど」

価値観の違いに、ポーラは困ったように苦笑いを浮かべていた。

「んー。どうすれば友達が作れるんだろ」

「あ、あのう」

「どしたの？」

「私たち、友達じゃないかな？」

「え？」

「メリルちゃんはどう思っているか分からないけど。その、私の方はメリルちゃんのこと友達だと思ってる……よ？」

「ええっ!?　ボクたち友達だったの!?」

「あ。そっちは思ってくれてなかったんだ。そうだよね。私みたいな落ちこぼれがメリルちゃんとお友達だなんておこがましいよね……」

寂しそうに「あはは」と乾いた笑いを浮かべるポーラ。

メリルは慌ててフォローする。

「いや、そうじゃなくて！　ボクたち、いつ友達になったの!?　友達になろうってどっちかが言ったわけでもないよね？」

「それは言ってないけど……。決闘のために上がり症を直そうとした時、メリルちゃんに色々と助けてもらったでしょう？」

「うん」

「いっしょに大道芸をしたり、メリルちゃんとお揃《そろ》いの制服を着たりしてる内に、お互いに仲良くなれたし。お友達かなあって」

「ってことは、友達だって思ったら、もう友達ってこと？」

「私はそう思うけど……」

「へええ。ボクはまた、一つ賢くなってしまった……」

「何を騒がしくしてるんですか？」

そこで割って入ってきたのはクラス委員のフィオナだった。問題児であるメリルを見る目はじろりと疑わしげだ。

「またポーラさんを困らせているんですか？」

「ち、違うよ？　メリルちゃんに困らされてなんてないよ」

「ふっふーん。フィオナちゃん、凄《すご》いことを教えてあげる。何と！　ボクとポーラちゃんは友達だったんだよ！」

「はい？」

どや顔で腕を組み、胸を張るメリルにフィオナは困惑していた。

「知ってた？　友達っていうのはね、友達だと思ったらもう友達なんだよ。わざわざ口に出したりはしないいんだよ」

「はあ」

「ってことはボクとフィオナちゃんも友達ってことだよね？」

「違いますけど」

「あれ？」

「私はメリルさんと友達になった覚えはありません」

「覚えはなくとも、ボクがフィオナちゃんと友達だと思えば、もうその瞬間からボクたちは友達なんじゃないの？」

「メリルさんがどう思おうが構いませんが、私はそう認めていませんから。よって私たちは客観的に見ると友達ではありません」

「難しい……」

理解したと思ったものを覆され、メリルは「むう」と唸《うな》っていた。

フィオナは少し当たりがキツかったと自省したのか、こほんと咳払《せきばら》いをすると、ちらりとメリルに対して言った。

「まあ、あなたが素行を改めるというのなら考えなくもありません。元々、私はあなたが嫌いというわけでは――って、あれ？」

「取りあえず一人友達ができたからいっかー♪　パパに報告にいこーっと！　頭なでなでしてもらっちゃうもんねー」

「もう行っちゃったみたい」

「……絶対ッ、友達になってあげませんから！」


「パパー♪　友達できたよー！　褒めて褒めて！」

休み時間。

廊下を歩いていた俺のもとにメリルが駆け寄ってきた。

「友達ができたって？」

「うん！　ポーラちゃんがボクの友達になってくれた！」

白々しくそう尋ねたが、さっきのやりとりは隠れて見ていたから知っていた。フィオナがあの後おかんむりになっていたのも。

「そうか。良かったじゃないか」

「これでパパはボクをもっと好きになってくれるね♪」

「そうだな。だが、友達は作ったらそこでゴールというわけじゃない。これからポーラとの関係性を深めていくんだ」

「どうやって？」

「それはメリルが自分で考えることだ」と俺は言った。「ポーラと仲良くなるために色々とやってみるといい」

「うーん。難しい……」

メリルはうむむと唸っていた。

「魔法みたいにこうすれば大丈夫っていうのがないからなあー」

「だからこそ良いんだよ」

「ボクにはまだ、その良さは分かんないけど。友達と仲良くなったら、パパはボクのことをもっと褒めてくれるんだよね？」

「ああ」

「ボクと結婚して、子作りしてくれる？」

「それはしない」

「ちぇー。流れでいけるかなと思ったのにー」

親がいなくても生きていけるための繋《つな》がり作りだ。

やっぱりまだメリルは理解していない。

まあ、必要ないと言っていた頃よりはずっと前進しているか。ポーラと関わっていく中で考えが変わることもあるだろう。

俺はそんなメリルのことを陰ながら見守るだけだ。

第十八話

メリルがポーラを家に連れてくることになった。その報告を受けた時、リビングにいた我が家の面々にはどよめきが走った。

「メリルがうちに友達を……？」

アンナは驚きに目を見開いていた。

「村にいた頃から一度もそんなことしてこなかったのに。……もしかすると、明日は王都に雪が降るかもしれないわね」

「なんでボクが友達を連れてくると、雪が降るの？」

「それくらい驚いたってことよ」

「ふっふーん。ボクだってやればできるもんね」

得意げに胸を張ってみせるメリル。

「しかし、ご友人が来るとなるとお茶菓子が必要ですね」とエルザが言う。「今度見回りの際にでも買ってきましょう」

「ボクはマカロンがいい！」

「それに家も掃除しないといけないわね。忙しいせいで散らかりっぱなしだし。今日は皆休みだから片しましょ」

アンナがそう言うと、

「そういえば、メリルのお友達はいつ家に来るの？　明日？　明後日《あさって》？」

「今日だけど」

「「今日!?」」

「うん。あと十分くらいで着くんじゃないかな」

「「十分!?」」

俺たちはあまりの猶予の短さに泡を吹きそうになった。

アンナはメリルの胸倉をむんずと摑《つか》むと言った。

「そういうことはもっと早く言ってくれる!?」

「え。どうして？」

「色々と準備があるでしょ！　お茶菓子を買ってきたり、家の掃除をしたり！　この家の状態だと客人なんて呼べないわよ！」

「いいじゃん別に。ありのままだし」

「ダメ！　しかもそのポーラって子は名家の子なんでしょ？　だったら尚更《なおさら》こんな状態の家に上げるわけにはいかない！」

その時、玄関から呼び鈴が鳴った。

どうやらポーラが到着したようだ。

「メリル！　今からすぐに部屋の中を掃除するから！　片付くまでの間、ポーラちゃんを玄関前で足止めしておいて！」

「しょーがないなー」

「私はその間にお出しするお茶菓子を買ってきます！　玄関からは出られないので、二階の窓から外に脱出します！」

「や。普通に玄関から出ればよくない？」

「お茶菓子をわざわざ買いに行ったと知ったら、相手側も気を遣うでしょう。そうなればおもてなしとしては三流です」

エルザはそう言うと、

「では、行って参ります！」

と二階の窓から飛び立った。鳥のように華麗に石畳の上に着地すると、大急ぎで市場の方へと駆けていった。

その後ろ姿が豆粒大に小さくなるのを見送った後。

「アンナ、俺はどうすればいい？」

と指示を仰いだ。

「パパはここにいたら掃除の邪魔だから、外に出て時間を潰してて」

「分かりました」

俺にできることは残念ながら何もなさそうだ。休日に家にいると疎ましがられる父親の気持ちが少し理解できた。

メリルと共にポーラの足止めをするために玄関先へと向かう。

扉を開けると、私服姿のポーラが見えた。

「メリルちゃん、それにカイゼル先生、こんにちは。今日はお招きいただいてありがとうございます」

ポーラは深々とお辞儀をすると、

「これお口に合うか分かりませんが、手土産です」

菓子折を差し出してきた。

「そんな気を遣わなくともいいのに」

こういう気遣いができる辺り、やはりポーラは育ちの良い名家の娘だ。

「ボクは貰《もら》えるものなら何でも嬉《うれ》しいよ？　あっ、マカロンじゃーん！　ボク、ちょうど食べたかったんだよねー」

「こらこら！　いきなり包み紙を破いて食い始める奴《やつ》があるか！　食べた後に美味《おい》しそうに指を舐《な》めるんじゃない！」

やはりメリルは庶民の家の子だ。品性や礼儀というものが悲しいくらいになかった。俺の教育が行き届いてない。

「あー。美味《おい》しかった♪」

「というか、全部食べてるし……」

唖然《あぜん》とする俺の前には、菓子折の空き箱があった。

「ポーラ、本当に申し訳ない！」

「いいんですいいんです！」

ポーラは慌てて胸の前で両手を振ると、

「えへへ。メリルちゃんに気にいってもらえてよかった」

彼女はニコニコと嬉しそうにしていた。まるで機嫌を損ねたという様子も、それを取り繕っている様子もない。

人間ができすぎている……。

「あれ？　どうしたの？　中に入らないの？」

家の中に入ろうとしないメリルを、ポーラは不審がっていた。さっきから俺たちは玄関先に立ちっぱなしだった。

「家に入る前に、ポーラちゃんの手荷物検査をします」

「手荷物検査？」

「ポーラちゃんが何か怪しいものを持ち込もうとしてないか。もしかすると悪いことを企《たくら》んでるかもしれないし」

「ええっ!?　私、怪しいものなんて持ってないよ!?　悪いこともしない！」

「怪しい人は皆、そう言うからね！　ここに来る途中でポーラちゃんが襲われて、悪い人に操られてる可能性もあるし」

「それを疑うならまず菓子折を食うなよ」

毒を盛られてる可能性があるだろ。

まあ、メリルの言葉は本当にポーラを疑っているのではなく、アンナに時間稼ぎをするように命じられているからだろう。

『家を掃除してるからとは絶対に言わないこと！　上手《うま》い言い訳を使って私が良いと言うまでは足止めをしておいて！』

と何度も釘《くぎ》を刺されていたことだし。

「いいよ。思う存分調べてくれて。それでメリルちゃんが安心してくれるなら」

ポーラはイヤな顔一つせず快く応じると両手を広げた。

あまりにも優しすぎる。

この子は天使の生まれ変わりなのかもしれない。

「その意気やよし！　それじゃ遠慮なく♪」

メリルは両手の指をわしゃわしゃと動かすと、ポーラの身体《からだ》に手を伸ばす。

「んっ……。ふふっ。くすぐったいよう」

身体をまさぐられ、ポーラはくぐもった笑みを漏らしていた。

腰をよじらせ、逃れようとするが手は止まらない。

最初こそ和やかな雰囲気だったが、次第に雲行きが変わった。メリルがポーラの服の中に手を入れ始めたからだ。

「やぁっ……。メリルちゃん。そこはダメだよう……！」

「どこに何を隠してるか分かんないからねー。漏れがないようにしないと。ちゃんと全部チェックしちゃうよー」

「んっ……！　ひゃうっ……！　みゃあああ!?」

「メリル、もう大丈夫よ──って、何してんの？」

家の奥から現れたアンナは、玄関先の光景を見て目を丸くしていた。

メリルに全身を隈《くま》なくまさぐられたポーラは、腰が抜けたのか地面に尻もちをつき、息も絶え絶えになっていた。

「……はあ、はあ、もうダメ……」

「え？　何これ。事後？」

「スキンシップだよ♪　ねっ？」

「はふう……」

同意を求めるメリルだったが、当のポーラは目をとろんとさせながら、どこか遠くの方をぼうっと見つめるだけだった。

第十九話

「お、お邪魔しますね」

その後、回復したポーラが家の中に上がった。二階のリビングへとやってくる。

「うわあ。綺麗《きれい》な家ですね」

ポーラは片付いた周囲を見回しながら感嘆の息を漏らす。すると、その様子を見ていたメリルが何気なく口にした。

「それはアンナが必死に掃除したから——むぐっ」

「ふふ。うちはいつもこれくらい綺麗よ。ね？」

「う、うん。ソウダネ……」

笑顔のアンナの圧に押され、メリルは目を逸《そ》らしながら囁《ささや》いた。

だらだらと脂汗を掻《か》き、目は泳ぎまくっている。

余計なことを言ったら、後で何を言われるか分からない。

この家で一番権力を持っているのは、家計を握っているアンナだ。彼女の機嫌を損ねると経済制裁を加えられてしまう。

「ポーラさん。ゆっくりしていってくださいね」

エルザは俺たちのいるテーブルにやってくると、すっ、と洗練された仕草で紅茶とお菓子を出してきた。

「粗茶ですが」

「わあ……美味しそう……！」

　ポーラは出されたお茶菓子を前に、目を輝かせていた。

「このお菓子、凄《すご》く高いものじゃないですか？　それに限定発売で、お店に行っても手に入らないんですよね。良いんですか？」

「ええ。我が家には常備してありますから」

「こんなお菓子を常備してるなんて凄いなあ……。エルザさん、大丈夫ですか？　凄い汗掻いてますけど」

　涼しい顔をしていたエルザだったが、首筋には大量の汗が噴き出していた。さっき大急ぎでお茶菓子を買いに走ったからだろう。

　次から次へとだらだらと汗が流れ出していた。

「も、問題ありません。大急ぎで市場に走って、限定販売のお菓子を騎士団長の権限を行使して買ったとかではないです」

「エルザは凄い汗掻《か》きなのよね」

　とアンナが助け船を出した。

「毎日馬並みに発汗するのが当たり前だから」

「そ、そうなんですか」

ポーラは戸惑いながらも納得したようだ。

「うう……。メリルの友人にあらぬ誤解をされてしまいました」

エルザはどうにも腑《ふ》に落ちていないという面持ちだった。

ポーラは礼儀正しく手を合わせると、お茶菓子を口にした。すると次の瞬間、その表情がぱあっと華やかになった。

「わ。おいしい……！」

どうやらお気に召したようだった。

紅茶を一口飲んだあと、ポーラはふと呟いた。

「凄いなあ……」

「え？」

「メリルちゃんは何でも持ってるんだなって。魔法の才能も、格好良いお父さんも、素敵なお姉さんもいるし」

両手の指を組み合わせながら呟いたポーラの瞳には、羨望の色があった。

「ほんと、私とは大違い……」

そう呟いた声には、ほのかに暗い感情が含まれている。

それを察知したのだろう。

「………」

ポーラの言葉を聞いたアンナとエルザは顔を見合わせていた。メリルだけは一人涼しげな顔で茶菓子を頬張っていたが。

　やがてアンナが口を開いた。

「ポーラちゃんだっけ？」

「は、はい」

「あなた勘違いしてるわよ。メリルは何でも持ってるって言ってたけど、持ってないものの方がずっと多いから」

「えっ？」

「まずこの子、時間を守れないでしょ。朝起きられないから、頻繁に遅刻するし。パパがいないと自分で靴下も履けない」

「礼儀作法もまるでなっていませんし、お行儀も悪いです。目上の方にも平気でため口を利くので見ていてヒヤヒヤします」

　とエルザが付け加える。

「金銭感覚もおかしいからなあ。入った分は全部使い切るし」

「えへへー。その方が楽しいからね」

　俺の苦言にもメリルは悪びれた様子もなく、ヘラヘラと笑っていた。

「それにボク労働向いてないし♪　昔、アンナに言われてバイトしたことあるけど、ミスが多すぎて一日でクビになっちゃった」

「おつりの計算が面倒だからって、適当に渡してたらそうなるでしょ」

「ええ……」

アンナがそう言うと、ポーラは絶句していた。まさか、世の中にそんなアバウトな人間がいるなんてという衝撃の面持ち。

「確かに魔法の才能はあるかもしれないけど、でもそれだけ。能力を五角形にしたら魔法だけが突出していて、他はてんでダメみたいなパラメーターだから。あなたは都合の良いところに目を向けすぎなんじゃない？　メリルは割とぽんこつよ」

それに、とアンナはポーラに微笑《ほほえ》みを向けた。

「私から見たら、あなたにも良いところはたくさんある。メリルや私たちが持っていないものを持っていると思うわ」

「そうでしょうか……？」ポーラはおずおずと言葉を挟む。「私からみると、アンナさんやエルザさんは完璧に見えますけど」

「それはねー。二人がポーラちゃんの前で格好つけてるからだよ」

メリルは指についた砂糖を舐《な》めながら言う。

「アンナなんて休みの日は、ソファの上から一歩も動かないし。空気の抜けた風船みたいにだらしないからね」

「メーリールー？」

「痛い痛い！　ほらほら！　アンナはすぐに暴力と恐喝に走るし！　ポーラちゃんみたいな優しさをもっと持った方がいいよ！」

「世の中、全部を持ち合わせた人なんていない。皆どこかしら欠けてるの。だから私には優しさなんて必要ないの♪」

「うわあ！　開き直ってる！　暴力反対！」

ほっぺたを万力のように鷲掴《わしづか》みにされながら、必死に訴えるメリル。

いつものことだからとエルザは介入しない。

その光景を最初は呆然《ぼうぜん》と眺めていたポーラだったが、アンナとメリルの諍《いさか》いがあまりにもバカバカしかったからだろう。

「……ふふっ」

くすりと思わず笑みをこぼしていた。


日が暮れた後。

ポーラを見送るために玄関先に向かった俺たちに彼女は言った。

「ありがとうございました。とっても楽しかったです」

「またいつでも来てくれ。歓迎するよ」

ポーラは嬉《うれ》しそうに微笑むと、メリルの方を見やった。

「ずっと雲の上の人だと思ってたけど、今日のおかげでメリルちゃんを身近に感じられた気がする」

「そう？」

「うん。メリルちゃん、可愛《かわい》いなあって」

恐らくポーラが言っているのは、メリルにもダメな部分が多々あって、そういうところが可愛らしいという意味だろう。

しかし、メリルは額面通りに受け取ったようだ。

「むふふ。ボクは可愛いからねー♪」

胸を張って得意げな表情を浮かべていた。その姿を見て、俺とエルザとアンナ、そしてポーラは顔を見合わせて笑い合った。

第二十話

風向きが変わったのは、その翌日からだった。クラスで浮いていたメリルが、少しずつ皆に受け入れられ始めたのだ。

ポーラといっしょにいることにより、賢者が相手でも普通に接していいんだという認識を周りが抱くようになったようだ。

ポーラがクラスの皆との橋渡しをしてくれたのも大きかった。

いっしょに昼食を食べたり、放課後に街に繰り出すことで、メリルの人柄がクラスの皆の間にも伝わっていった。

突飛な行動をするとっつきにくい天才だったのが、ダメなところもたくさんある親しみやすい女子に。

そうなると周囲との壁は取り払われていった。

「メリルさんにお友達ができて良かったですね」

授業の合間の休み時間。

教室でポーラをはじめとした友人たちに囲まれたメリルを眺めながら、イレーネが俺に対してそう話しかけてきた。

「ええ。まあ、そうなんですけど」

「なぜ浮かない顔を？」

「やっぱりあいつは、俺のために友達を作ろうとしてるんですよね。周りにいる子たちに特別な感情は抱いていないというか」

友達ができたら、俺に褒めてもらえるからそうしているだけで。

彼女自身はさほど友達に対して何かを思ってはいない。常に笑みを浮かべているが、心の裡《うち》は醒《さ》めているように思えた。

「メリルちゃん、次は移動教室だからそろそろ行こっか」

「うえー。歩くの面倒臭いー。ポーラちゃんおんぶしてー」

「こらこらダメですよ。自分で歩いてください」

「むー。フィオナちゃんは相変わらず真面目だなあ」

渋々というふうに立ち上がろうとした時だ。

「あれっ？」

ぴたりとメリルの動きが止まった。

「どうしたの？」

「お守りが見当たらない」

「お守り？」

「うん。ボクが王都に出てくるときにパパに貰《もら》ったお守り。おっかしいなあ。ずっと制服のポケットに入れてたのに」

「落としちゃったのかな？」

「さっきの実技の授業、メリルさんは派手に動き回っていましたから、その可能性は充分あるでしょうね」とフィオナが言った。

「うーん。ちょっと捜してこようっと」

「ええっ⁉　今から？　もうすぐ授業始まっちゃうよ⁉」

「だいじょーぶ！　見つけたら戻ってくるから！」

「あっこら！　待ってください！」

メリルはそう告げると、足早に教室から出ていってしまった。フィオナが呼び止めようとした時には姿が見えなくなっていた。

「ううー。先生に小言を言われるのは私なのにー……」

「全く。仕方のない人ですね……」

取り残されたポーラは涙目になり、フィオナは呆《あき》れていた。


チャイムが鳴り終わり、生徒たちは授業を受けている最中。空き時間になっていた俺はメリルの姿を探すことに。

……どこに行ったんだ？

中庭に差し掛かった時、メリルのお尻がふりふりと揺れているのが見えた。四《よ》つん這《ば》いになり、植え込みのところを捜している。

「お守りをなくしたんだってな。見つかったか？」

「うーん。落としたのはこの辺りだと思うんだけど」

「俺も手伝おう」

俺はメリルと共に校庭を捜索した。

けれど、見つかる気配はなかった。

もしかすると、落とした場所が違うのかもしれない。

「うへー。疲れたー。ちょっと休憩」

くたびれたのか、メリルはごろんと地面に寝転がった。ふいーっ、と息を吐きながら両手足を大きく伸ばす。

「おっかしいなあ。どこで落としたんだろ」

「もういいんじゃないか？」

「でも、せっかくパパに買ってもらったものだし。王都に来てからは、パパだと思って肌身離さず持ってたからねー」

「だとすれば親離れしてくれ」

俺は苦笑すると、

「それに離れていた頃ならまだしも、今はいっしょに暮らしているわけだし。また新しいお守りを買ってやるから」

「んー。それならいっか。昔のパパから今のパパに乗り換えちゃおうかな」

メリルは納得してくれたようだった。起き上がると、くるりと踵《きびす》を返す。歩いて行こうとするところに声を掛けた。

「おい。そっちは教室じゃないぞ」

「今から戻るのも面倒だし。研究室に寄っていこうかなって」

メリルは悪びれずに言う。

「パパも来る？」

「……そうだな。もう自分の担当の授業は全て終えたことだし。俺がついていたら、一応補習ということにもなるか」

「やったぁ♪」

つくづく甘いなと自分でも呆れてしまう。

この学園には特待生であるメリル専用にあてがわれた研究室があり、メリルはその部屋によくこもっていた。

魔法を研究することもあれば、単にサボるだけのこともある。

今日は前者のようだった。

魔法の研究に集中するメリルには、周りの音は聞こえていないようだ。自分の世界にのめり込んでいた。

しばらくして、授業が終わるチャイムが鳴り響いた。

「ふいー。おわりー」

メリルもどうやら元の世界に戻ってきたようだ。

「お疲れさん。ジュース飲むか？」

「ありがと♪」

俺はメリルにジュースを渡してやった。

研究室に置いてあったお菓子を摘《つ》まみながら、他愛《たわい》もない話をする。そうしているうちに窓の外では日が落ちかけていた。

「そろそろ帰るとするか」

「今日の晩ご飯は何かなー」

研究室の扉を施錠し、校舎から出る。空は赤みと黒が混ざり合っていた。

門に向かおうと歩いていたところで、校庭のところでメリルが立ち止まった。その視線の先には見覚えのある生徒がいた。

「あれ？　ポーラちゃんだ」

ポーラが四つん這いになって植え込みの辺りを見回していた。

彼女だけじゃない。

同じクラスの生徒たちの姿もあった。

「あ、メリルちゃん」

メリルに気づいたポーラがぱたぱたと駆け寄ってきた。

「何してるの？」とメリルが尋ねる。

「えっとね。お守りを捜してたの」

「え。お守りって——ボクの？」

「うん。あの後、メリルちゃん、教室に戻ってこなかったでしょ？　ということは、まだお守り見つかってないんだと思って」

ポーラは「それで皆で捜してたの」と言った。

メリルは教室から駆けていく時『見つかったら戻ってくる』と言っていた。

結局あの後戻ってこなかったので、まだお守りが見つかっていないとポーラたちは思ったのだろう。それで捜索してくれているらしい。

メリルはぽかんとしていた。

「ど、どうして？」

「えっ？」

「どうしてポーラちゃんたちが、ボクのお守りを捜してるの？　別に見つけたって得することは一つもないのに」

ポーラは傍《そば》にいた生徒と顔を見合わせていたが。

「大切なものだって言ってたから」

やがて微笑《ほほえ》みながらそう言った。

「メリルちゃんが王都に来る時に、カイゼル先生に貰ったお守りだって。だから私もいっしょに捜してあげたいなって」

「……ボクにはよく分かんない」

メリルはぽつりと呟いた。ポーラのことを理解できないという表情をしている。なぜ自分にここまでしてくれるのか。

ポーラはふっと表情を緩めると、

「メリルちゃんはカイゼル先生が好きでしょ？」

「え？　うん。大好きだけど」

「それはどうして？」

「んー。優しいし、格好良いから？　でもちゃんと考えたことはないかも。パパが好きなことに理由なんてないし」

「同じだよ。私もメリルちゃんのことが好きだから。困っているなら力になりたい。私にできることをしてあげたい」

ポーラは周りの生徒たちを見回した。

「クラスの皆もそうだよ。メリルちゃんのことが好きだから、友達だと思ってるから力になってあげたいの」

「…………」

その場に立ち尽くすメリルは、呆然《ぼうぜん》としていた。

打算的なものが一切含まれていない、純粋な好意。家族以外の者から面と向かってそれを向けられたのは初めてだったのだろう。

理解が及ばないのか、戸惑っているように見えた。

「――あ！」

その時、辺りを捜索していたポーラが声を上げた。植え込みのところに近づくと、木々の葉の間に手を差し入れる。

「メリルちゃん！　もしかしてこれじゃない？」

振り返ったポーラの掲げた手には――お守りがあった。土に汚れたそれは、俺もメリルも見覚えがあるものだった。

「それ、ボクのだ」

「よかったぁ！　見つかって！」

ポーラはホッとしたように破顔すると、まるで自分のことのように喜んでいた。夕陽《ゆうひ》に照らされた制服は、長時間捜索していたことで土埃《つちぼこり》に塗《まみ》れていた。けれど、ポーラはまるで気にした様子もなく、微笑みながらお守りを差し出してくる。

「はい、メリルちゃん。もう落としちゃダメだよ」

手のひらに載せられたお守りを前に、メリルはフリーズしていた。

「……メリルちゃん？　どうしたの？」

「ううん。ありがとう」とメリルは言った。「もうなくしたりしない。パパに貰った大切なものだから。それに」

「それに？」

「このお守りはポーラちゃんに——友達に見つけてもらったものだから」

そう口にしたメリルの瞳には、ポーラがはっきりと映っていた。今までは自分や父親のことしか見えていなかった目に、友達が。

「ふふ。メリルちゃんにお友達だって言ってもらえて嬉《うれ》しいな」

ポーラがくすぐったそうに微笑むのを見て、照れくさそうに首筋を掻《か》くメリル——その頬はほんのりと赤らんでいた。

第二十一話

その日は珍しく俺一人だけが休日だった。

魔法学園の講師業もなければ、姫様の家庭教師や騎士団の教官の仕事もなく、てんてこ舞いだった冒険者ギルドの依頼も落ち着いた。

娘たちはそれぞれ仕事や学園に勤《いそ》しんでいる。

ずっと働きづめだったから、急に休みになるとすることがない——と思っていたところにエトラからの誘いがあった。

この王都を覆っている結界の様子を見に行くから暇なら付いてきてと。

予定もなく暇だったので同行することに。

「ふうん。あの子、上手《うま》くやってるのね」

道中——俺からメリルの近況を聞いたエトラがそう呟いた。

「ああ。最近は朝もちゃんと遅れずに学園に行ってるよ。友達に会うのがモチベーションになってるみたいだ」

ポーラにお守りを見つけてもらった日から、メリルは少し変わった。

俺に言われなくとも、自分から相手に興味を持つようになった。それは以前までの彼女には見られなかった傾向だ。

　メリルの中でも思うところがあったのだろう。

　それはとても良いことだ。

「娘が寄ってこなくなって、寂しがってるんじゃないの？」

「べ、別にそんなことは」

「意外とあんたの方が子離れできてなかったりしてね」

　エトラはそう言うと鼻で笑った。

　……まあ、寂しくないという気持ちがないわけではないが。でも、メリルが家族以外と繋《つな》がりを持てたことの喜びの方が勝る。

　エトラと共に王都を囲んでいる石壁の上を歩く。

　エトラは王都を覆う結界の様子を点検していた。石壁とは違って、目に見えない結界に綻びがあるかどうかは魔法使いにしか分からない。

「しかしエトラ。お前は随分と変わったな」

「そうかしら」

「お前はどちらかというとレジーナ側の意見だっただろう。群れるのは好まない。繋がりなんてものは必要ないってタイプだったじゃないか」

「あんたと会わなくなってから、十八年も経《た》ってるんだもの。あの頃と全く同じ価値観を持ってる方が驚きでしょ」

「……それもそうだな」

十八年という時の流れは、人を変えるには充分すぎる長さだ。

自分ではあまり意識はしていないが、がむしゃらに突っ走っていた冒険者時代の俺と今の俺もまた変わっているのだろう。

年月と共に色々と経験することで、考えは移ろっていく。必死だった過去の自分を若気の至りなどと笑い飛ばしてしまえるくらいに。

「あたしがずっと、世の中が嫌いだったのは知ってるでしょ？」

「ああ」

エトラは幼い頃から魔法使いとしては天才的な才覚を持っていたが、それが故に多くの人に利用されてしまった。

彼女の開発した魔法が国同士の戦争に使用され、多数の死者が出たらしい。いつかの酒の席で潰れそうになりながら、そう話してくれた。

本来、人のためになるはずの魔法が、人の命を摘むために使われた。

それ以来、エトラは厭世《えんせい》的になってしまった。母国を飛び出すと、人里離れたところで隠居生活を送るようになった。

「もう誰とも関わらずに一人で生きていこうと思ってた。そんな時だったわね。あんたたちと出会ったのは」

俺たちが出会ったのは、俺やレジーナが冒険者としての任務の最中、辺境にある彼女の住む古城に立ち寄ったからだ。

「あたしが魔法使いだと知ると、強引にパーティに誘ってきて。何度断ってもしつこいから仕方なく付き合ってあげたのよね」

「エトラがパーティに入りたそうな顔をしてたからな」

「ふん。よく言うわ」

　エトラは鼻を鳴らすと、

「そこからまた、他人と関わるようになったのよね。って言っても、赤ん坊を拾ったあんたが王都を去るまでの数年間だけど」

「俺がいなくなった後は、また一人だったのか？」

「ええ。元々あんたに誘われて付き合ってただけだから。パーティが解散したら、王都に残る意味なんてないでしょ。とっとと住処《すみか》に戻ったわ」

　エトラは言った。

「けどその後、一人になってから気づいたのよね。あんたたちといっしょにいる時間は意外と嫌いじゃなかったんだなって。昔ほど世の中を憎んでいなかった。きっと、知らずのうちにぬるくなってたんでしょうね。でもそのぬるさは、あたしにとっては結構居心地が良いものだった」

「変わったってことか」と俺は言った。「当時のエトラなら、そういうことを俺たちに面と向かって言わなかっただろうし」

「うるさいわね。で、そこから思ったの。不本意だけど、あたしはあんたたちに色々なものを貰《もら》ってきた。だからそれを今度は返そうって。もう拗《す》ねてるような歳《とし》でもないし。自分のために生きるのは充分やってきたから」

「それで王都にヒュドラを差し向けたと？」

「そうよ。連中の実力を見るためにね」

「端から見たら、完全にテロリストにしか思われないだろうけどな。お前は昔からやり方が不器用すぎるんだよ」

まあ、らしいと言えばそうなのだが。

「あたしはメリルとは違って、魔法を人の役に立てようとは思ってない。魔法は徹頭徹尾自分のためだけに追求する。だけど、あたしの思想は継承したいと思ったの。そうすれば同じような被害者が出なくなるから」

「エトラみたいな人ばかりになったら、世の中は大変だろうな」

「別に性格丸ごととは言ってないでしょ。思想よ。思想」

「分かってるよ」

俺は言った。

「エトラがしようとしてることは理解できる。俺も自分に教えられることは、なるべく教えてやりたいからな」

騎士団の連中に剣を教えたり、魔法学園で教鞭《きょうべん》を執っているのは、生活のためというのもあるが後進育成の意味もある。

自分が教えてもらったことを、今度は後の者たちに継承したい。そうすることで、今まで受けてきた恩を返していければいい。

「あんたもあたしも会話に青さがない」

エトラは自嘲するように言った。

「そりゃお互いにいい歳だからな」と俺は苦笑する。「自分のことだけに向けるほどのエネルギーはもうないよ」

若い頃ほど何かに執着することはない。おかげで生きやすくもなったが、自分が主役だという気持ちはなくなっていた。

「――ん？　これは……」

その時、エトラがふと立ち止まった。

「どうした」

「この場所、結界が破られてる」

「何だって？」

俺は睨《にら》むようなエトラの視線の先を見やる。膜のように魔力が張られた結界に、一カ所だけ空洞ができていた。

強引に突き破られたかのように穴が穿《うが》たれている。

「外敵が侵入したのか」

「恐らくは。やっぱり悪い勘ってのは当たるわね」

「だが、この結界は強固なんだろう？　それに破られたら気づけないものなのか」

「十八年前に張ったものだから、効力も落ちてるでしょ。けど、それでも並の魔物にはまず突破できないはずよ」

　とエトラが言った。

「あたしに感知されないように結界を破ってる。相当の手練《てだ》れね」

「だとすると、敵はエトラの言っていた魔王の眷属《けんぞく》か」

「可能性は高いでしょうね」

「すでに王都内に潜伏しているというわけか……」

　相当マズいことになった。

　王都内で暴れようものなら、一般市民にも被害が出てしまう。魔王の眷属クラスの強敵となると大惨事になりかねない。

「結界を破られてからまだそう時間は経ってないわ。すぐに街中に包囲網を敷けば、奴《やつ》を一斉に叩《たた》くことができる」

「よし。じゃあ俺はエルザに言って騎士団を動かしてもらう」

「あたしは魔法学園に向かうわ」

　事態は一刻を争う。

　方針を決め、俺たちが動きだそうとした時だった。

　ドオオォォォン!!

王都の方から地響きのような爆発音が響き渡ってきた。

ただ事じゃないとすぐに理解できた。

何だ？　いったい何が起こった!?

「なっ……!?」

振り返った視界に飛び込んできた光景に血の気が引いた。

魔法学園の一部が爆発して吹き飛んでいた。

立ち上る巨大な爆煙が、澄み渡る青空に吸い込まれていく。

その光景は異様だった。

まるで夢でも見ているかのように現実感がない。

次の瞬間――。

魔法学園をドーム状に覆っていた結界が変化した。本来なら目に見えないはずのそれは可視化され、赤黒い輝きを放っている。

「何が起こっているんだ……？」

「とにかく魔法学園に向かうわよ！」

エトラはそう口にすると、王都を囲む石壁の上から勢いよく飛び降りた。

常人であれば全身の骨が木《こ》っ端《ぱ》微塵《みじん》になる高度だったが、風魔法を使い、クッションにすることで着地の衝撃を無にする。

「カイゼル！　早くしなさい！」

とエトラが下から呼び声を上げた。

「あ、ああ！　すぐに行く！」

俺は慌ててその後を追った。心臓は早鐘を打っていた。


魔法学園にたどり着いた時、外敵から守るはずの結界は、外界との関わりを絶つための障壁として機能していた。

「エトラ、結界は破れそうか？」

「破れないことはないでしょうけど、時間は掛かるでしょうね。マリリンの張った結界はそこらのものとは違うから」

「学園長はなぜこんなことを……？」

「さあね。案外、あいつが裏切り者だったりして」

エトラが小さく笑った時だった。

『これ。儂《わし》を黒幕扱いするのはやめるのじゃ』

頭の中にしゃがれた声が響いてきた。

「この声は——マリリン学園長ですか」

『うむ。今は通信魔法を用いてお主たちに声を届けておる』

「いったい何があったんですか？」

『魔法学園内に外敵が侵入してきての。生徒たちが人質に取られた。そうされては儂も敵の言いなりになるしかないじゃろ』

「それで結界を外部との遮断のために」

『まあ、そんなところじゃ。結界の制御権も今や敵の手中にある。すまんが儂にはどうすることもできん』

「敵はこんなところに立てこもって何を企《たくら》んでるのよ」

『敵は魔法学園の人質の身の安全と引き換えにある要求をしておる。それが叶《かな》えられない場合は皆の命はないと』

「……ふうん。人質ね。魔族のくせに一丁前な手を使ってくるじゃない。で、敵さんは何を求めてるわけ？」

『それなんじゃが』

マリリンは答えにくそうに少し間を置いた後に言った。

『騎士団長のエルザ、ギルドマスターのアンナ、そして賢者のメリル――この三人の首を持ってくるようにと言っておる』

「なっ……!?」

それを聞いた俺は言葉を失った。

敵が要求しているのは――娘たちの首だと!?

頭の中が真っ白になり、目の前の景色がぐにゃりと歪《ゆが》む。立ちくらみがする。すっかり冷静さを欠いた俺は思わず叫んでいた。

「なぜよりによって俺の娘たちなんだ!?」

『儂にも分からん』

「学園長！　学園の中にいるのなら、敵に伝えてくれ！　持って行くのなら、娘たちではなく俺の首にしろと！」

『カイゼル、落ち着くのじゃ。敵がわざわざその三人だと指定するのだから、お主の首では代わりにならんじゃろ』

　全くマリリンの言うとおりだった。

　感情を振りかざしていても、事態は何も解決しない。

　冷静にならなければ……。

「マリリン、そっちで敵を叩くことはできないの？」

『それは難しいじゃろうな。儂は奴の監視下にあるし、生徒や教員は奴の魔法によって意識を奪われておるからの。迂闊《うかつ》に動けば人質の身が危ない』

「俺たちが結界を突破するのはどうですか」

『儂が魔法学園に張った結界は、今、敵の制御下にある。お主たちが結界を破ると、奴に感づかれるじゃろうな』

「そうなれば、人質の身が危険か……」

『ただ……』

「ただ？」

『敵が別のことに意識を取られていれば、その間に結界を突破したとしても、感づかれないかもしれん』

「何とか気を逸《そ》らすための方法ねえ……」

そこでエトラが口を開いた。

「ん？　敵はカイゼルの娘全員の首を持ってこいって言ったのよね？　メリルは今日学園に登校してないってこと？」

「いやちゃんと登校してるはずだ」

友達ができてから最近は俺なしでも学園に行くようになった。

「だったら、娘二人の名前を挙げるだけでいいと思わない？」

確かにそうだ。

「メリルはもしかして、まだ敵に居場所が知られていないのか？　あいつは敵が来た時に教室にはいなかった」

そこではっとした。

メリルは自分専用の研究室を持っている。

もしかすると、授業をサボってそこにいるのかもしれない。

俺は通信魔法を使用すると、メリルに向かって呼びかける。

「メリル、聞こえるか」

『んにゃ……。パパ？』

「今どこにいる？」

『んー。研究室だけど』

やっぱり！　俺の思った通りだった。メリルは襲撃を免れたのだ。ということは、敵の魔法の制御下にもない。

「よく聞いてくれ。今、学園内に敵が侵入している。そいつは生徒を人質に取り、結界を張って立てこもっている」

『えっ、ヤバいじゃん。前に言ってた魔王の眷属ってやつ？』

「恐らくはな。しかも敵はメリルやエルザ、アンナの首を要求している。さもないと人質の命はないということらしい」

『はえ？　なんでボクたちなの？』

「さあな。それは分からん。だが、狙われてるのは確かだ」

『パパたちは？　来てくんないの？』

「俺たちも学園内に入ろうとしているが、結界を破るのに時間が掛かる。それに敵の注意を逸らさないと感づかれてしまう」

だから、と俺は言った。

「今動けるのはメリルしかいない。俺たちが助けに向かう隙を作るためにも、学園内で敵の注意を引いてくれ」

『えー。ボク一人かあ……上手《うま》くできるかなあ……』

「できるかどうかじゃないわ。あんたがやるしかない。あたしやカイゼルが傍《そば》で尻拭いをしてあげられる状況じゃないんだから」

「大丈夫だ。必ずできるさ。メリルは俺の娘だからな」

俺がそう言うと、メリルが小さく笑う気配がした。

『むふふ。そう言われちゃったら、やるしかないよねー。分かった。ボクが学園にいる敵の注意を引きつけてあげる』

「頼んだぞ」

『その代わり――成功した時にはいっぱい褒めてね？』

「もちろんだ」と俺は言った。「思う存分、頭を撫《な》でてやる」

『よーし！　頑張っちゃおうっと！　何だったら、パパたちが来なくてもボク一人で敵をやっつけちゃうもんね』

通信の先にいるメリルはやる気満々のようだった。

第二十二話

通信を終えたメリルは研究室でふうと一度息を吐いた。

魔王の眷属《けんぞく》に占拠された学園内。

生徒たちは人質に取られ、自由に動くことができるのは自分一人だけ。

カイゼルたちの助けは期待できず、下手を打ってしまえば、人質に取られた生徒たちの身が危うくなってしまう。

メリルにとって初めての、生死の懸かった一人での戦いだった。

「ま、何とかなるよね」

しかし、メリルに緊張の色は見えなかった。

あくまでも自然体。

研究室を出ると、校舎内はしんと静まりかえっていた。

「んー。敵はどこにいるんだろ。出てこーい」

辺りを見回しながら、暢気《のんき》に廊下を歩いていたメリル。

すると、その耳に小さな足音が聞こえてきた。皮膚感覚が微《かす》かな気配を捉える。臨戦態勢を取りながら意識を集中させる。

曲がり角から一人の男子生徒が現れた。

「あ。なんだうちの生徒じゃん。おーい」

気さくに手をあげたメリルが歩み寄ろうとした時だった。

ヒュンッ！

男子生徒の放った風の刃が、メリルの頬を掠《かす》めていった。つう、と陶器のような柔肌に赤い線が浮かび上がる。

「あり？　もしかして、敵に操られてるみたいな感じ？」

「………………」

男子生徒はその問いには答えず、まるで見えない糸に吊《つ》られているかのように、次の魔法を繰り出してきた。

ウインドカッター。

唸《うな》りを上げて迫ってきたそれを、メリルは片手でかき消した。

「やっぱりそうだ。脳に魔力を流し込んでコントロールしてるのかな？　敵を見つけたら自動的に襲うように設定されてる？　かなり高度な魔法だよね。ってことは、敵は相当腕の立つ魔法使いってことか」

状況を冷静に分析するメリルに、男子生徒は再び魔法を使用しようとする。先ほどかき消されたものと同じものを。

「効かない魔法を懲りずに使おうとする辺り、高度な命令は与えられてないよね。見張りとして巡回させてる感じかな」

男子生徒が魔法を発動させるよりも早く、メリルが指を銃のような形にして放った水弾が敵の眉間を見事に撃ち抜いた。

悲鳴も上げずに倒れた男子生徒を見下ろし、メリルは銃に見立てた指先——その銃口に当たる部分を「ふうっ」と吹き消した。

「悪いけど、ちょっと眠っててね」

男子生徒の命に別状はない。単に脳を揺らされただけだ。しばらくすれば意識を取り戻すことだろう。

その頃にはもう、全てが終わっているはずだ。

「敵の注意を引くんなら、もっと派手に暴れた方がいいかな。そうすれば向こうからボクのところに来るだろうし。——ん？」

思索していたメリルのもとに微かな悲鳴が聞こえた。

廊下から窓の外を見ると、中庭のところで騒ぎが起こっていた。敵の支配下にある学園の生徒たちが、一人の女子生徒を襲おうとしている。

「あ、ポーラちゃんだ」

標的になっていた女子生徒は、メリルの友達だった。

正気を失ったガラス玉のような目の生徒たちに囲まれ、ポーラは「ひーん！」と悲鳴を上げながら今にも泣き出しそうになっていた。

メリルは廊下の窓から顔を出して叫ぶ。

「おーい！　ポーラちゃーん！」

　ぶんぶんと大きく手を振りながら笑みを浮かべるメリルに、ポーラも操られた生徒たちも視線を引っ張り込まれた。

「め、メリルちゃん!?　良かった！　無事だったんだね!?」

「授業をサボって研究室で寝てたら、学園が占拠されててびっくりしたよ。ポーラちゃんはどうして無事だったの？」

「襲われたのは授業中だったんだけど。その時、私お手洗いに行ってたから。運良く敵の洗脳を受けずに済んだの」

「おおー。ポーラちゃん、持ってるねー」

　とメリルは感心したように言った。

「でもポーラちゃんと会えてよかったー」

「えへへ。私もだよ――じゃなくって！　会話してる場合じゃないよう！　今まさに敵に襲われようとしてるところ！」

「あれ？　もしかしてピンチな感じ？」

「どう見ても今の私、すっごくピンチだよう！」

「そっかー。じゃあ、助けにいくね！」

　メリルは暢気にそう言うと、

「とうっ」

と三階の窓から飛び降りた。風魔法をクッションにし、操られた生徒に襲われる寸前のポーラの前に着地する。

「ポーラちゃん、お待たせ♪」

「メリルちゃん！」

「ボクが来たからには、もう安心だよっ」

メリルはそう言うと、目の前に迫っていた生徒たちに水弾を放った。

寸分の狂いもなく次々と眉間を撃ち抜いていく。

糸が切れたように倒れていった物言わぬ生徒たちを見下ろしながら、ポーラは心配そうな表情を浮かべていた。

「だ、大丈夫かな……？」

「へーきへーき。気絶してるだけだから」

「そ、そうなんだ。よかった」ポーラはホッとしたように胸をなで下ろす。「目が覚めた時には正気に戻ってるかな？」

「どうだろ？　ねえ、ポーラちゃんは敵がどんな奴《やつ》か見た？」

「ううん、見てない。でも妖しい光みたいなのが教室の方から迸《ほとばし》って、その後に皆の様子がおかしくなっちゃったみたい」

「ふむふむ。その光を見たら、操られるってことなのかな。まあでも、ボクには効かないだろうけどね。あらゆる魔法の耐性があるし」

「さすがメリルちゃんだね——って、うひゃああ!?」

「どうしたのポーラちゃん。虫でもいた？」

「メリルちゃん！　あれ！　あれ！」

「あれ？」

素っ頓狂な声を上げたポーラが指さした先——。

先ほどの騒ぎを聞きつけたのか、はたまた敵が差し向けてきたのか。中庭には操られた生徒たちが大勢押し寄せていた。

「すっごいたくさんいる！　いくら何でも多すぎだよう！」

「ちょうどよかったじゃん。派手に暴れたら敵の注意も引けるし」

「メリルちゃん見て！　あそこにフィオナちゃんがいる！」

「——えっ？　あ、ホントだ」

押し寄せてくる敵の兵隊の中には、クラス委員であるフィオナの姿もあった。どうやら彼女も敵に操られているらしい。

普段の気丈さは消え失せており、虚《うつ》ろな目をしていた。

「あらら。完全に正気を失ってる。あっさり操られちゃってまあ」

「ど、どうしよう……。同じクラスの友達に攻撃することなんて……。でも、何もしないとこっちがやられちゃうし……」

「えいやっ！」

葛藤しているポーラを尻目に、メリルは銃の形を模した指先から水弾を放つ。フィオナは寸前のところで反応して躱《かわ》した。

「ええっ!? 何の躊躇《ちゆうちよ》なく撃っちゃった!? ちょっとメリルちゃん! クラスメイトが相手なんだよ!?」

「そうは言っても、やらなきゃこっちがやられるからねー」

メリルは涼しげな顔でそう言い放つ。

「それにフィオナちゃんはボクのこと、友達じゃないって言ってたし。だったら別に気を遣わなくてもいいかなって」

「ええーっ……」

「けどフィオナちゃん、やるねー。ボクの水弾を躱しちゃうなんて。だったら今度は見えないところから攻めてあげる」

メリルがぱちんと指を鳴らすと、フィオナの足下が盛り上がった。

ゴゴゴ……と地響きが起こった次の瞬間、勢いよく地面を突き破った木の根がフィオナの身体《からだ》を捕らえると、巻き付いて締め上げた。必死に逃れようとするフィオナだが、抜け出すことはできない。

「ふっふっふー。ムダムダ。逃がさないよー」

「あっ! 今度はノーマン先生が!」

迫ってくる生徒たちの群れの中に、講師であるノーマンの姿もあった。普段のプライドの高い面持ちは消え失せ、抜け殻のように虚ろなたたずまい。

「ど、どうしよう。先生に手を上げることなんてできないよね……。でも何もせずにいるとやられちゃうだろうし……」

「えいやっ！」

先ほどとほぼ同様に葛藤しているポーラを尻目に、メリルは水弾でノーマンの眉間を撃ち抜いた。ノーマンは勢いよく背後に吹っ飛んだ。

「ええっ!?　メリルちゃん何してるの!?　相手は先生だよ!?」

「へーきへーき。先生だから生徒よりも頑丈なはずだし」

「そうかなあ……。ノーマン先生、白目剥《む》いてるけど」

仰向《あおむ》けに倒れて白目を剝いたノーマンは小刻みにぴくぴくと痙攣《けいれん》している。傍らには割れたメガネが遺留品のように落ちていた。

「いやー。一撃で仕留められると気持ちいいねー」

どや顔をしていたメリルだったが――。

その背後からは、別の操られた生徒が襲いかかろうとしていた。

「メリルちゃん！　後ろ！」

「うえっ!?」

完全に油断していたメリルは、反応こそしたものの、避けたり反撃したりするだけの間を作り出すことはできなかった。

一発食らってしまう——と覚悟した時だ。

「ウインドブローっ！」

メリルを襲おうとしていた生徒を、横から飛んできた暴風が襲った。吹き飛ばされた敵は校舎の壁へと叩《たた》きつけられる。

「ああっ、ごめんなさいごめんなさい！」

魔法を発動させたポーラは、吹き飛ばした相手にペコペコと頭を下げていた。

「助かったー。ありがとー」

「う、うん」

「でも、ポーラちゃん緊張せずに戦えてるじゃん！　実戦なのに」

「メリルちゃんがピンチだって思ったら、身体が勝手に動いてたの。助けないとってそれだけを考えてたから」

「えへへ。ポーラちゃん好きー♪」

「ひゃあっ!?　だ、ダメだってば……！　そう言ってくれるのは嬉《うれ》しいけど。今はまだ戦ってる最中だから！」

抱きつこうとするメリルを引き剝がそうとするポーラ。

「よーし。残りも早く片付けちゃおう」

「う、うん！」

メリルとポーラは連係を取りながら、襲ってくる生徒たちを倒していく。ちゃんと手心を加えることは忘れなかった。

　しばらくした後――。

　二人の目の前には倒れた生徒の山が積み上がっていた。

「これで全員……かな？」

「ふふん。ボクたちに掛かればチョロいチョロい♪」

「でもメリルちゃん、ちょっと攻撃に集中しすぎだよう」

「ボクはポーラちゃんを信用してるからね」とメリルは笑った。「実際ばっちりフォローしてくれてたじゃん」

「もう……しょうがないなあ……」

　困ったように笑うポーラだが、まんざらでもなさそうだ。そして地面に倒れた生徒たちを心配そうに見つめる。

「操られた皆は、元に戻ったのかな？」

「うーん。どうだろ」

「もし洗脳が解けてなかったら、意識が戻ったらまた襲ってくるよね？　ボロボロになるまで戦わされちゃうよ」

「そうだ。フィオナちゃんを起こして確かめてみよっか。鼻をずっと摘《つ》まんでたら、息ができなくて飛び起きるでしょ」

「ええぇ。大丈夫かなあ……」

メリルは「うぷぷ。反応が楽しみー」と口元を手で押さえながら、いたずらを仕掛ける子供のようにフィオナの鼻をむぎゅりと摘まんだ。

「さーて。何分持つかなー」

フィオナの様子を観察していると。

「メリルちゃん！　メリルちゃん！」

ポーラの切迫した声が響いてきた。

今まさに窮地に陥っているというような。

「んー。どしたの？――え？」

顔を上げたメリルは、自分が夢を見ているのかと思った。

先ほど倒したはずの生徒たちが、ずらりと周りを取り囲んでいた。

ガラス玉のような無機質な目が、四方八方からメリルたちを見ている――だが、いずれも焦点は合っていない。

「さっきまで倒れてたのに！　どうして!?」

「あー、なるほど。そういうことかー。ポーラちゃんよく見て。生徒たちの肩口のところに魔力の糸が見えるでしょ」

「――えっ？　あ、ほんとだ」

「さっきまでは命令を与えた上でそれぞれが勝手に動いてたけど、あれは敵が糸を使って手動で動かしてるんだよ。だから意識を失っても意味ないんだ。気を失おうが四肢が欠損しようが無限に襲ってくるっぽい」

「そっか――って、冷静に分析してる場合じゃないよう！　どうしよう!?」

「んー。そだね、跡形もなく吹き飛ばせば無力化できるだろうけど、相手は魔物じゃなくて人間だからなあ……」

うーん、と顎に手を当てて考え込むと。

「いっそ風魔法を使って逃げちゃおうっか。空までは追ってこないだろうし。その隙に敵を見つけ出して倒そう！」

「そ、そうだね。一旦ここは逃げよう！　仕切り直そう!?」

方針が固まった時だった。

「――その必要はない」

操り人形と化した生徒たちの間から、低く這《は》うような声がした。それは物言わぬ傀儡《くぐつ》には発せないはずのものだった。

突如として響いた重厚な音。

神経に障るような不愉快な声色。しかしそれは同時に耳にした者を総毛立たせるほどの圧倒的な威圧感も孕《はら》んでいた。

敵がすぐそこにいると、二人とも直感した。

第二十三話

「――っ!?」

前方から迸《ほとばし》る尋常ならざる強大な魔力。

一目見た瞬間、メリルもポーラも、目の前の者が人外の存在だと気づいた。

およそ人間の規格からは外れた長身――三メートル以上あるだろうか。漆黒のローブに身を包んだ男の頭部には、二本の角が屹立《きつりつ》していた。

メリルはすぐさま理解した。

目の前にいる存在が、この学園を占拠した敵――魔王の眷属《けんぞく》であると。

「賢者メリル――学園内に潜んでいたとはな。随分と派手に暴れてくれた。おかげで私の人形たちが傷ついてしまったではないか」

「やっぱりその魔力の糸で皆を操ってるんだ?」

目を凝らしたメリルには、眷属の指先から伸びる大量の魔力の糸が見えていた。それらはメリルを取り囲む生徒たちに繋《つな》がっている。

「最初は私の与えた命令通りに動き、無力化された後は手動操作に切り替わる。おかげで気づくのが遅れただろう?」

まんまと敵の手のひらの上で踊らされてしまったと気づく。

人を翻弄するのは大好きだが、逆は大嫌いなメリルにとって、眷属のしてやったり顔は神経を逆なでするのに充分だった。

「むかっ！　別に気づくのが遅れたって問題ないやい！　ここでボクがお前を倒せば全部丸く収まるんだからね！」

魔法を発動しようと両手を掲げ、臨戦態勢を取るメリル。

しかし、相対する眷属は口元に薄ら笑いを浮かべるばかりで、迎え撃とうとする意思はまるで感じられない。

それは不気味に思うくらいに。

「いいのか？　彼らの生殺与奪の権利は私が握っている。指一本動かすだけで、生かすも殺すも私の思いのままだ」

「っ!?」

眷属の言葉に、メリルの動きが止まった。

「そしてお前が魔法を放つより、私が傀儡の命を摘み取る方が早い。――賢明なお前にはこの意味が分かるだろう？」

「うっ……」

狼狽《ろうばい》するメリルの表情を見て、眷属は笑みを深める。

「学園の皆の命が惜しくなければどうぞ、遠慮なく私を撃つが良い。もっとも、仕留められるかどうかは別の話だが」

両手を広げて無防備さを演出する眷属。

隙だらけだが、メリルは魔法を放つことをしなかった。

放ってしまえば、敵を仕留めることはできるかもしれない。けれど、敵の支配下にある学園の生徒たちの命はないだろう。

そう考えた時、魔法を放つことはできなかった。

掲げていた両手を力なく下ろすのを見て、眷属はふっと口元を緩めた。

「それでいい。お前が魔法を放っていた場合、私を仕留めきれず、ただ生徒たちの屍《しかばね》だけが積み上がることになっていた」

抵抗の意志を失ったメリルに、眷属は言った。

「これで詰みだな。お前は私への対抗手段を失い、外の連中は結界を破れず、人質たちは今も私の手の中にある。さて、エルザとアンナの首が届くまでの間――メリル、先にお前の首を貰《もら》い受けることとしよう」

「……ねえ、どうしてボクたちの首を狙うわけ?」

「これから死にゆく者に説明しても仕方あるまい。それに問答をして時間を稼ごうという見え透いた魂胆には乗らん」

眷属に心の裡《うち》を見抜かれたメリルは「バレてたか」と苦々しい表情を浮かべる。じわりと手のひらに汗が滲《にじ》む。余裕はなくなっていた。

「だが、ただ私が手を下すというのも退屈だな。傀儡たちに襲わせるのも然《しか》りだ。となるとどうするか……」

眷属の男はしばらく思案した後、ポーラを見やった。

昏《くら》い瞳に邪悪な光がよぎる。

「決めた。お前がメリルを殺せ」

「えっ!?」

「もしお前がメリルを殺せば、お前や学園の生徒たちは見逃してやろう。どうだ？　悪い条件ではあるまい」

「そんな……メリルちゃんを殺すなんてできない！」

「気に病むな。こいつは——メリルたち三姉妹は生きていてはいけない存在だ。この世に害をなすだけなのだから」

「……どういうことですか？」

「それをお前に話してやる義理はないな」

眷属はそう一蹴すると。

「選ばせてやる。メリルを殺して、お前や学園の生徒たちは助かるか。それともメリルもろとも心中するのかを」

どちらにしてもメリルを生かしておくつもりはない。打開策がない以上、前者の選択肢を取った方が生き残る数は多い。

けれど……。

「お友達に手を掛けるなんてできない……」

「本当にそう思っているのか？」

「え？」

「お前はメリルのことを妬ましいと思ったことはないか？　賢者である奴《やつ》との才能の差に悩んだことはないのか？」

「そ、それは」

「あるのだろう？　魔法使いとしては当然の感情だ。奴がいなくなればいいと、消えればいいと思ったことだろう」

言葉に詰まるポーラに、眷属はささやきかける。

「……どうせ他に手段はないんだ。メリルを殺しても、誰もお前を咎《とが》めない。むしろ英断だと称《たた》えられるだろう」

それは毒のようにポーラの神経を蝕《むしば》む。

「楽になれ。自分の感情に正直になれ」

寄り添うような言葉に、ポーラは耳を塞がなかった。硬直したままその言葉を受け入れようとしていた。

そして、永遠とも思えるような沈黙の末――。

「……分かりました」

ポーラは覚悟を決めたように小さく呟《つぶや》いた。そして振り返り、メリルを見やると、悼むような表情を浮かべた。

「ごめんねメリルちゃん。もうこうするしかないから」

「ポーラちゃん……」

「そうだ！　それでいい！　お前は今、賢明な選択をした」

眷属はポーラの下した選択を聞いて、満足そうに口元を歪《ゆが》めた。両手を広げると、哄《こう》笑《しょう》を浮かべながら叫ぶ。

「さあ！　お前の手でメリルを始末するのだ！」

第二十四話

学園の中庭――メリルとポーラは相対する。

周囲を操られた生徒たちが取り囲み、眷属は高みの見物を決め込んでいる。ほんの僅かな隙でさえもそこには見受けられなかった。

やがてポーラがぽつりと囁《ささや》いた。

「……メリルちゃん。実は私ね、隠していたことがあったの」

「え？」

「私がメリルちゃんとお友達になったのは、自分からそうしたんじゃなくて、家の人たちに言われたからだったんだ。賢者のメリルちゃんとお友達になれれば、メディス家の評判も上がるからって」

ポーラは告げた。

「だから本当は――メリルちゃんをお友達だとは思ってなかった。むしろ、メリルちゃんのことなんて嫌いだったよ」

卑屈な薄ら笑いを口元に浮かべると、心の裡に積もった感情を爆発させる。湧き上がる罪悪感を振り払うかのように。

「だってそうでしょう？　メリルちゃんはいつも自分勝手で、私を振り回して、嫌な思いをしているのにも気づかないで。いつかの大道芸の時なんて最悪だった。メリルちゃんが私に無理やりやらせたことで、びっくりするくらい大滑りをしちゃって。もう二度と人前に出られなくなるところだった。あの時のこと、覚えてる？」

「うん。覚えてるよ」

とメリルは言った。

「ボクは楽しかった」

「それはメリルちゃんだけでしょう？　私は全然楽しくなかった。今でも夜、夢に見て飛び起きることがあるもん。トラウマだよ」

ポーラはじとりと湿った目でメリルを見つめる。そこには昏い感情があった。

「私はずっと、何もかも持ってるメリルちゃんのことが妬ましかった。魔法の才能も格好良いお父さんも素敵なお姉さんも全部、羨ましくてたまらなかった。家庭教師の人に罵倒されている時に、両親に冷たい言葉を吐かれている時に、魔法の才能のなさを痛感する時に、どうしてメリルちゃんばっかりって思った。本当に、本当に嫌いだった」

責任を自分以外に押しつけるかのように呪詛《じゅそ》の言葉を連ねていく。それをメリルは口を挟むことなく黙って聞いていた。

「今までずっと、隠していてごめんね」

「ううん。いいよ」

メリルはポーラの謝罪をあっさりと受け入れた。

「ボクだって、パパに褒められるために友達を作ろうとしてたし。お互い様だよ。ポーラちゃんを責める権利なんてないから」

「怒ってないの？」

メリルがそう言うと、

「……そっか。私たちはずっと、お互いの利害のためだけにいっしょにいたんだね。なら元々お友達でもなかったのかも」

ポーラは薄く微笑《ほほえ》みを浮かべた。どこか残念そうな、けれど、ほっとしたような表情を浮かべた次の瞬間だった。

彼女の目に覚悟の灯が宿った。

「なら、遠慮なく手を下すことができるね」

魔法を発動させるため、手をかざす。

「ファイアーアローっ！」

詠唱と共に手のひらから生成された火の矢——それは尾を引きながら、メリルの身体《からだ》を穿《うが》とうと迫ってくる。

本来のメリルであれば容易《たやす》く躱《かわ》せるはずの魔法。

しかし——。

「避けようとするなよ？　そうすれば人質の命はない」

眷属《けんぞく》の言葉が糸のように絡みつき、メリルの身体をその場に縛り付ける。飛来したファイアーアローを肩口にもろに喰《く》らった。

「いっ……だあああ！」

激痛に耐えかね、苦悶《くもん》の声が漏れるメリル。

ポーラは一瞬痛ましそうに表情を歪めたが、すぐにその感情を振り払うと、矢継ぎ早に攻撃を繰り出した。

「ウインドカッター！」

「がっ……！」

飛来した風の刃が、メリルの身体を切り裂いた。身に纏《まと》っていた衣服が破れ、そこから覗《のぞ》いた肌に赤い線が刻み込まれる。

「ウォータースプラッシュ！」

魔法陣から出現した大量の水に押し流され、メリルは校舎の壁に叩《たた》きつけられる。全身の骨が砕けそうになるほどの衝撃。

「がはっ……!!」

「ははは！　容赦がないな！」

地面に蹲《うずくま》るメリルの姿を見て、眷属は高笑いをしていた。

ポーラは醒《さ》めた目でメリルを見下ろしながら尋ねる。

「ねえ、メリルちゃん。今までの魔法が何なのか分かる？」

「……大道芸の時に見せた魔法でしょ？」

「そうだよ。私のトラウマになった三回目の大道芸の演目。……なら、この後にどういう魔法が来るのかも分かるよね？」

「……っ!?」

メリルは自らの記憶を必死にたぐり寄せる。

そうだ。

この後に来るのは確か――。

「ごめんねメリルちゃん。これでお別れだよ。私のこと恨んでくれていいからね。せめて痛くないように――一瞬で終わらせてあげるから」

ポーラは祈るように目を閉じると、詠唱に取りかかった。ピアノ線が張り詰めたような空気の中に言葉が降り積もっていく。

「天より降り注ぎし神々の怒り、汝《なんじ》に裁きを与えよ――」

メリルの頭上の空に巨大な魔法陣が浮かび上がった。

幾重にも術式が張り巡らされた――上級魔法陣。

今までの魔法とは規模が違うということが伝わってくる。

水浸しになった今の状態で、あれをまともに喰らってしまったら――。

「ライトニングボルト!!」

ポーラがそう叫んだ次の瞬間――世界が白い光に染められた。

遅れてやってきた轟音《ごうおん》と共に、巨大な稲妻が降り注いだ。それは水浸しになったメリルの身体を瞬く間に呑《の》み込む。

ドゴオオォォォォン！

視界が元に戻った時、稲妻が落ちた辺りは深々と穴が穿たれていた。焦げ臭いクレーター状に開けたその場所には、メリルが力なく横たわっていた。

ぴくりとも動かない彼女を見下ろしながら、ポーラが静かに告げる。

「……ごめんね、メリルちゃん」

「……メリルの心音は聞こえないか。どうやらくたばったようだな」

眷属はメリルから視線を切ると、ポーラに向き直る。

「よくやった。良い見世物だったぞ。楽しませてもらった」

「……これで学園の皆を助けてくれるんですよね？」

「もちろんだ。エルザとアンナの首を取った後、お前を含めた学園の人質たち全員を解放することを約束しよう」

「……ありがとうございます」

「お前は正しい選択をした。後ろめたく思う必要はない。さて、この辺りで一度、学園外の様子を窺《うかが》うとするか」

ポーラからも視線を切ると、眷属は踵《きびす》を返した。

そして中庭から去ろうとした瞬間――ぼとりと何かが地面に落ちた。

「――ん？」

その正体を見た眷属は、はっとしたように自分の両腕を即座に確認する。本来、そこに繋《つな》がっているはずのものがなかった。

地面に落ちていたのは、切断された自らの両腕だと気づいた。

「なっ……!?」

「ふっふっふー。完全に油断してたねー」

背後から聞こえた声に眷属が振り返ると、そこには先ほどポーラの稲妻に撃たれたはずのメリルが笑みを浮かべていた。

「メリル!?　なぜだ!?　お前は先ほど、死んだはず……」

「ビックリした？　オバケとして化けて出てきたんだよ♪」

メリルはおどけながらぺろりと舌を覗かせる。

「お、オバケだと……？　ふざけたことを……」

「ま、さすがにそれだと信じないよね。じゃあ、種明かしの時間だよ」

そう言うと。

「ポーラちゃんのライトニングボルト、ボクは喰らってないんだよね。フリをしただけで実際はちゃんと防御してた。光が目眩《めくら》ましになって、気づかなかったでしょ」

「……だが、確かに心臓の音は止まっていたはずだ。お前は紛れもなく死んでいた。こうして立っていられるはずがない！」

「それはね、仮死状態になってたんだよ」

メリルが指を立てて言う。

「自分の心臓に雷魔法を当てて、一時的に鼓動を止めてたの。で、しばらくしてから時限式の雷魔法を発動させて蘇生《そせい》したってわけ」

「死んだふりだと……？　あの一瞬で意思疎通を行ったというのか」

啞然《あぜん》とする眷属を尻目に、メリルは暢気《のんき》に笑う。

「三回目の大道芸の時にこの死んだふりの芸をしたら、ドン引きされちゃってさー。あれはボクも応えたなー」

「子供たちは泣きじゃくってたもんね。私、あの時のしーんとした重い空気、今でも夢に見るくらいトラウマだよ」

ポーラは「だから私は止《や》めた方がいいって言ったのに」と困ったように言う。メリルに向ける眼差《まなざ》しは親愛のそれだった。

眷属はそこで状況を完全に理解した。

「お前たち、私を謀《たばか》ったのか……！」

「そーいうこと♪　学園の皆を操ってるのは、魔力の糸みたいだったから、両腕を切れば殺すこともできなくなるでしょ？」

メリルはイタズラの成功した子供のように嬉《うれ》しそうに言う。

「ということは、メリルに対するあの口上も……」

「私は家の人間に言われてメリルちゃんとお友達になったけど、今はメリルちゃんを本当のお友達だと思ってる」

迷いなくそう言い切ったポーラを前に、眷属は昏《くら》い笑みを漏らしていた。

「……なるほど。私は三文芝居に一杯食わされたというわけだ。だが、どうやらお前たちは勘違いしているらしいな」

「勘違い？」

「人質という手駒を失ったとて、私がお前たちに負けることはないということだ。はあああああ!!」

眷属が地を這《は》うような雄叫《おたけ》びを上げると、切り落とされたはずの両腕の断面から新たな両腕が生えだしてきた。

「うひゃあ!?　腕が生えた!?」

「あいつ、トカゲじゃん！」

メリルは一瞬驚いていたが、すぐに切り替えると、

「けど、今が攻めるチャンス！」

集中力を高め、呪文の詠唱に取りかかった。

「太陽を覆いし永遠の業火よ、今ここに集い、顕現し、全てを焼き尽くせ！　ファイナルバースト！」

「私も援護するよ！　天より降り注ぎし神々の怒り、汝に裁きを与えよ――ライトニングボルトっ！」

メリルとポーラの手持ちの中でもっとも火力の高い魔法が発動する。

ドガァァァァァァァン！！！

Ａランク級の魔物でさえも木《こ》っ端《ぱ》微塵《みじん》になるほどの威力だが、しかし、爆煙が止んだ後に地面に立つ眷属は無傷だった。

爆煙の中、人外の存在は不敵な笑みをたたえている。

「……お前たちの全力というのはその程度か？　賢者といえど大したことはないな。この私の敵ではない」

「げっ。これホントに強い奴《やつ》じゃん……」

「えええええ!?　メリルちゃんどうしよう!?　私、今ので決めるつもりでもうほとんど魔力が残ってないよう！」

「ボクもちょっと消耗しすぎちゃったなあ。マズいかも」

苦笑いを浮かべていたメリルの目の前に、眷属が突如として現れた。ほんの一度の瞬《まば》きの間に距離を詰められた。

「えっ!?」

反応する間もなく振り抜いた拳に打ち抜かれる。

「げふっ！」

水切り石のように地面を転がるメリル。

「メリルちゃん！――きゃあ!?」

悲鳴を上げたポーラだったが、最後まで言い切る前にうめき声に変わった。眷属《けんぞく》の蹴りによって吹き飛ばされたからだ。

倒れたメリルとポーラが痛みを堪《こら》えながら顔を上げると、そこには惑星のように巨大な炎球を天に向かって掲げた眷属の姿があった。

「どうせなら二人まとめて葬り去ってやろう」

「……あはは。これはちょっとヤバいなあ」

それを見た時、思わずメリルは笑みをこぼしてしまった。

余裕だったからじゃない。むしろその逆だ。

どう考えても防ぐことはできない——そう悟ったからだった。

あの炎球に呑み込まれて、自分たちは終わってしまう。魔法に精通した賢者だからこそ格の違いが分かってしまった。

「終わりだ！　すぐに他の娘たちにも会わせてやる！」

放たれた炎球が、メリルたちのもとに迫ってくる。

——ああ……パパ、ボク、今回は結構頑張ってみたんだけどな。やっぱりパパがいないとちゃんとできなかったよ。

ねえパパ。

パパがボクの頑張りを見ていたら、褒めてくれるかな？

メリル、よく頑張ったなって頭を撫《な》でてくれるかな？

そうだったらいいな――。

「――メリル、よくやった」

「え？」

最初、メリルは幻聴を聞いたのだと思った。

死の間際に大好きな父親の幻影を見たのだと。

けれど、そうではなかった。

メリルたちを庇《かば》うように立ちはだかっていたカイゼルは、呑み込もうと迫ってきた炎球をかき消してしまった。

それは幻にはできないことだった。

幻ではなく、実体を持った本物のカイゼルは振り返ると言った。

「よくここまで持ちこたえたな。後は任せろ」

第二十五話

それまではずっと強固に守られていた結界に綻びが生まれた。恐らくメリルが上手《うま》く敵の隙を突いたのだろう。

「よし！　突破したわ！　中に入るわよ！」

エトラが即座に結界を突破すると、俺たちは学園内へと侵入した。

騒ぎが起きていた中庭に向かうと、今まさに眷属がメリルたちにトドメを刺そうとするところだった。間一髪のところでメリルたちの前に立ちはだかった俺は、迫ってきた炎球を自らの放った魔法によって相殺したのだった。

「なっ……!?　私の極大魔法をかき消しただと……!?」

驚愕《きょうがく》の表情を浮かべる眷属を尻目に、俺は背後へと振り返る。傷だらけになりながらも懸命に戦っていた娘たちに労《ねぎら》いの言葉を掛ける。

「メリル、それにポーラ。俺たちが来るまでよく持ちこたえたな」

「パパ……来てくれたんだ……」

「カイゼル先生、よかったぁ……！」

「可愛《かわい》い娘や教え子のためなら、俺はどこへだって駆けつけるさ。……もう大丈夫だ。後は俺たちに任せておいてくれ」

「ううん！　ボクもパパといっしょに頑張るよ！　ボクたちのラブラブパワーであいつをぶっ飛ばしちゃおう！」

「私も微力ですけど、力になりたいです！」

「二人とも、この短い間で随分と頼もしくなったな」

メリルたちの成長っぷりに思わず胸が熱くなる。もう俺がいなくても自分たちだけでやっていけるようになったんだな。

頼もしい反面、少しの寂しさを覚えた。

俺は眷属の方に向き直ると、ドスを利かせた声で言う。

「よくも俺の可愛い娘を痛めつけてくれたな。この借りは高くつくぞ」

「……それよりエルザとアンナはどうした？　私は言ったはずだがな。お前の三人の娘の首を持ってこいと」

いちいち発言がしゃくに障る奴だ。

「一つ聞かせろ。お前はなぜ、俺の娘たちの首を欲しがる。王都を落としたいなら、他にもっと狙うところがあるはずだ」

「ふん。私はこの王都の陥落になど興味がない。娘の首を取れば、いずれこの世界は全て手中に収めることができるのだからな」

「……どういうことだ？」

「お前は何も知らないのだな。まあ当然か」

眷属はせせら笑うように言う。

「かつて魔王様を封印した勇者——お前の三人の娘はその血を引いている。来たる魔王様の復活に彼女たちは邪魔なのだよ」

「娘たちが勇者の血を……？」

「そうだ。だからこそエンシェントドラゴンは娘たちの村を焼き尽くした。奴も我ら魔王軍に与《くみ》していたからな」

「おい待て！　だとすればエンシェントドラゴンは、俺のワイバーンとの戦闘が長引いたせいで目覚めたわけじゃないのか？」

「お前の戦闘など関係がない。元々、エンシェントドラゴンは勇者の血を引く娘たちを始末するために目覚めたのだ。……もっとも、奴は討ち漏らしたようだが。あまつさえ邪魔された相手に討伐されてしまうとはな。ふがいない奴め」

「そう……だったのか」

俺はずっと自分のせいで娘たちの村が滅びたのだと思っていた。しかし、眷属の言葉が本当だとすればそれは勘違いだった。

エンシェントドラゴンの狙いは端《はな》から娘たちだったのだ。

そういえば、奴は散り際に娘たちに言っていた。

お前たちは生まれてきてはいけない存在だったのだと。

けれど、あの発言はエンシェントドラゴンが魔王に与していたという立場を踏まえれば自然なものだった。

　勇者の血を引く娘たちは邪魔だろうから。

　長年、信じ続けていた真実が裏返ったことにより、心の中にずっとわだかまっていた澱《おり》が解けていくのを感じた。

「……まさか敵であるお前に感謝することになるとはな。ずっと抱えていた罪悪感が少しだけ和らいだ気分だ」

　もちろん、村の人たちを救えなかったことに対するふがいなさはある。けれど何もかも自分のせいだと思っていた。

　そうじゃなかった。

　俺のせいでエンシェントドラゴンが村を焼いたわけじゃなかったのだ。

「お前がどう思おうが関係ない。ここで娘もろとも死ぬのだからな！」

　眷属が魔法を発動させるために両手を掲げようとした瞬間――。

　その僅かな隙を縫うように繰り出された二つの剣が、眷属の両腕を切り裂いた。

　血を噴き出しながら地面に落ちた両腕を振り返り、全く反応できなかった眷属は目を見開くと「なっ……!?」と驚愕していた。

「ふん、隙だらけだな。私たちの剣の敵ではない」

「メリル、ポーラさん。遅くなりました」

　剣を携えて立っていたのは、レジーナとエルザだった。

王都が誇る最強の剣士たち。

すると――今度は校舎の窓から声が聞こえてきた。

「パパ！　操られていた生徒たちは皆、エトラさんが解放したわ！　もうこの学園に人質はいないから安心して！」

見ると、窓のところにアンナの姿があった。

「カイゼル！　好きなだけやっちゃいなさい！」

屋上にはエトラとマリリンの姿。

「どうやら、形勢逆転したみたいだな」

俺は眷属に向かって言う。

「どうした？　約束通り娘たちを連れてきてやったんだ。もっと嬉《うれ》しそうにしろよ。お前の望み通りじゃないか」

「こ、この……ふざけた真似《まね》を……！」

「お前が学園に立てこもって人質を取ったのは、王都の戦力とまともに対峙《たいじ》したら勝ち目がないと理解していたからだろう」

「くっ……！」

「お前の判断は正しいよ。けど、一つ読み違えていたな。お前が思うより、メリルたちはしぶとくてたくましかった」

俺は言った。

「今の王都は俺やレジーナやエトラだけじゃない――エルザやアンナやメリル、騎士団や冒険者ギルドの連中、魔法学園の生徒――次世代の者たちが育ってきているんだ。お前には落とせはしない」

俺は眷属に向き合うと、諭すように言った。

「お前も、魔王も、俺たちも――もう出る幕じゃないんだよ。老兵は去り、この世界は次の世代の子たちに任せるべきだ」

俺は剣を抜くと、眷属に向かって駆け出す。

「だから、お役御免だ」

「ぐおおおおおおおおっ！」

心臓を貫かれ、光の粒子となって消滅していく眷属を見送っていると、メリルが俺のもとに駆けてきた。

「さっすがパパ！　一撃で倒しちゃったね」

「メリル、身体《からだ》は大丈夫か？」

「まーこれくらいは唾つけておけばすぐ治るでしょ」

メリルはあっけらかんとそう言った。

「でもちょっと傷ついちゃうなー。ボクたちが苦戦した相手を、あんなに簡単にやっつけちゃうなんて」

「メリルたちが頑張ったからこそ、奴《やつ》を倒すことができたんだ。今日の戦いの立役者は間違いなく二人だよ」

俺がそう言って頭を撫《な》でてやると、

「にへへー♪」

メリルは嬉しそうにされるがままになっていた。

ポーラがおずおずとメリルの傍《そば》に近づいてくる。しゅんとうなだれながら、申し訳なさそうな面持ちで言う。

「……メリルちゃん、本当にごめんね。敵を騙《だま》すためとは言え、痛い思いをさせて。酷《ひど》いこともたくさん言っちゃったね」

「ううん。いいんだよ。結果オーライってことで」

ヘラヘラと笑い飛ばすメリルは、根に持つようなことはない。嫌なことがあっても明日になれば忘れられるタイプだ。

「ねえメリルちゃん。あの時に言ったことだけど、本当だよ」

「ん？」

「最初は家の人に言われてお友達になったけど、今はメリルちゃんのことを大切なお友達だと思ってるから」

「それはボクも同じだよ。パパに褒めてもらうために友達になったけど、でも、今はポーラちゃんのことが大好きだから」

「……ありがとう」

「ねえ、ポーラちゃん」

メリルはポーラと向き合うと微笑《ほほえ》みかけた。

「これからもボクの友達でいてくれる？」

「……うん。もちろんだよ。私の方こそよろしくね」

想《おも》いを確認しあう二人。

「えへへ。ポーラちゃんと抱き合うと、パパとは違う温かさがあるね」

仲直りとして抱き合うメリルとポーラの姿を見ながら、もう俺が心配する必要は何もなさそうだなと思った。

メリルはちゃんと他人との繋《つな》がりを作ることができたのだ。

第二十六話

後日――。

王都の大衆酒場には普段では考えられないほどの人が集まっていた。

俺たち家族に加えて、騎士団の連中や冒険者ギルドの職員、ポーラを始めとしたメリルの魔法学園のクラスメイト、マリリン学園長に俺の同僚であるノーマンとイレーネ。俺の元仲間のレジーナやエトラまでも来ていた。

俺たちに縁のある人たちを集めて宴会を催すことになったのだ。

「色々あったが、一件落着じゃのう」

串焼きをほおばりながらマリリンが言う。

「まさかこの私が敵に操られてしまうとは……。講師としてふがいない。身体の節々が痛む辺りぞんざいに扱われたようだ。許せん！」

憤るノーマンだが、眷属《けんぞく》に手荒に扱われたのではなく、メリルの容赦ない攻撃を食らったからだということは伏せておこう。

クラス委員のフィオナがメリルに向かって言った。

「メリルさんとポーラさんのおかげで学園の治安は保《たも》たれました。クラス委員の私としては不甲斐《ふがい》ないことですが……。今回の功績を称えて、これまでの秩序を乱すような行為は不問にいたします。なので私たちが友達になることもやぶさかでは――」

「ねえパパー！　あーんして、あーん」

「メリルちゃん、もうカイゼル先生のところに行っちゃったよ？」

「やっぱり、友達になんてなってあげません！」

テーブルに並んだお菓子を食べさせてほしいとおねだりしてくるメリル。他の者たちがいるにもかかわらず、ファザコンぶり全開だ。

「友達ができて、少しは親離れしてくれると思ったんだがな……」

「友達といっしょにいる時間も大事だけど、パパといる時間も大事だもん。ポーラちゃんもパパもボクは大好きだからねー」

満面の笑みを浮かべながらそう言うメリル。

俺は彼女の頭を撫でてひとしきり甘やかしてやると、外れの席にいたエトラとレジーナのもとへと近づいていった。

「よう。お揃《そろ》いだな」

「あたしがいないと、こいつがぼっちで可哀想《かわいそう》でしょ」

「なんだと？　それはこっちのセリフだ」

「まあまあ。祝いの席くらい仲良くしてくれ」

俺は二人をなだめると、同じ席についた。

しばらくお酒を飲んでいると、ふいにエトラが言った。

「あんたの娘たちが勇者の血を引いているっていうのなら、これからも魔族の連中が命を狙いに来るでしょうね」

「かもしれない。だとしても、全部返り討ちにするだけだ」

「ふうん。それは世界を守るために？」

「そんな大層なものじゃないさ。俺は娘たちを守るだけだ。その結果としてついでに世界も救ってやる」

「はあー。やっぱり親バカ全開じゃない」

「まったくだ」

「親っていうのは、子供が可愛《かわい》くて仕方がないものなんだよ。自分の命に代えてでも子供たちには幸せになってほしい」

酒場内を見回す。

エルザはナタリーと談笑し、アンナはモニカのまくし立てる言葉に呆《あき》れ、メリルはポーラや魔法学園のクラスメイトと楽しんでいる。

娘たちはそれぞれの繋がりを作っていた。

俺は彼女たちが過ごす幸せな時間を、繋がりを守っていきたい。

心からそう思った。

「……ま、あたしも力を貸してあげるわよ。どうせ他にすることもないし。ここの暮らしも案外気に入ってるから」

「私はお前と共に剣を振れるのなら構わない」

「そうか。ありがとうな、二人とも」

俺はエトラとレジーナに言った。

「俺にとってお前たち二人との繋がりは、かけがえのないものだよ」

「ば、ばか。何言ってんのよ。気持ち悪い」

「ま、全くだ！　心臓に悪いだろう！」

エトラとレジーナは不意打ちを食らったように二人とも頬を赤らめると、照れくさそうに顔をふいと背けた。けれど、まんざらではなさそうだ。

一度は切れたはずの縁が、またこうして繋がっている。

十八年前、毎日いっしょにいた頃には近すぎて実感できなかったが、家族以外の仲間と過ごす時間はとても幸せなものだった。

あとがき

お久しぶりです。友橋《ともばし》です。

この度、Ｓファザの三巻を出版することができました！　ありがとうございます！　これも全て皆さんのおかげです。

ご購入いただいた皆さんに少しでも楽しんでいただければ幸いです。


ご時世が結構暗い感じということもあり、明るい感じのお話をこれからも書いていけたらなーとか最近はそんなことを考えています。

現実が優しい世界じゃないからこそ、優しい世界のお話が好きです。僕は。


以下謝辞です。

担当編集のＨさん、イラストの希望《のぞみ》つばめ先生、本作の出版に携わってくださった方々、並びにご購入いただいた読者の皆様。

今回も本当にありがとうございました！

皆様のおかげで僕はどうにか細々と生き長らえることができています。

今後ともよろしくお願いします!!

それでは！

作品のご感想、
ファンレターをお待ちしています

あて先

〒141-0031
東京都品川区西五反田7-9-5 SGテラス5階
オーバーラップ文庫編集部
「友橋かめつ」先生係／「希望つばめ」先生係

OVERLAP

Sランク冒険者である俺の娘たちは
重度のファザコンでした 3

発　　行　2021年6月25日　初版第一刷発行

著　　者　友橋かめつ
発 行 者　永田勝治
発 行 所　株式会社オーバーラップ
〒141-0031　東京都品川区西五反田 7-9-5
校正・DTP　株式会社鷗来堂
印刷・製本　大日本印刷株式会社

Printed in Japan ISBN 978-4-86554-932-4 C0193

オーバーラップ文庫
第7回
オーバーラップ
文庫大賞
金賞
星詠みの魔法使い
The Wizard Who Believes in a Bright Future
「キミの才能は魔法使いの極致に至るだろう」
世界最高峰の魔法使い教育機関とされるソラナカルタ魔法学校に通う上級生の少年・ヨヨ。そこで彼が出会ったのは、「魔導書作家」を志す新入生の少女・ルナだった。目的を見失っていた少年と、夢を追う少女の魔導書を巡る物語が、今幕を開ける――。
著 六海刻羽 イラスト ゆさの
シリーズ好評発売中!!

オーバーラップ文庫
今日からなにか？彼女ですけど、
KYOKARA KANOJO DESUKEDO NANIKA?
第7回
オーバーラップ文庫大賞
銀賞
卒業するために、私の恋人になってくれませんか？
卒業条件は恋人を作ること――少子化対策のため設立されたこの高校で、訳あって青偉春太には恋人がいない。このままいけば退学の危機迫る中、下された救済措置は同じく落第しかけの美少女JK・黄志薫と疑似カップルを演じることで!?
著 満屋ランド　イラスト 塩かずのこ
シリーズ好評発売中!!

オーバーラップ文庫
本能寺から始める信長との天下統一
HONNOUJI KARA HAJIMERU NOBUNAGA TONO TENKATOUITSU
重版ヒット中!
電撃大王にて
(KADOKAWA刊)
コミカライズ
連載中!!
［信長のお気に入りなら
戦国時代も楽勝!?］
高校の修学旅行中、絶賛炎上中の本能寺にタイムスリップしてしまった黒坂真琴。信長と一緒に「本能寺の変」を生き延びた真琴は、客人として織田家に迎え入れられて……!?　現代知識で織田軍を強化したり、美少女揃いの浅井三姉妹と仲良くなったりの戦国生活スタート!
著 常陸之介寛浩　イラスト 茨乃
シリーズ好評発売中!!

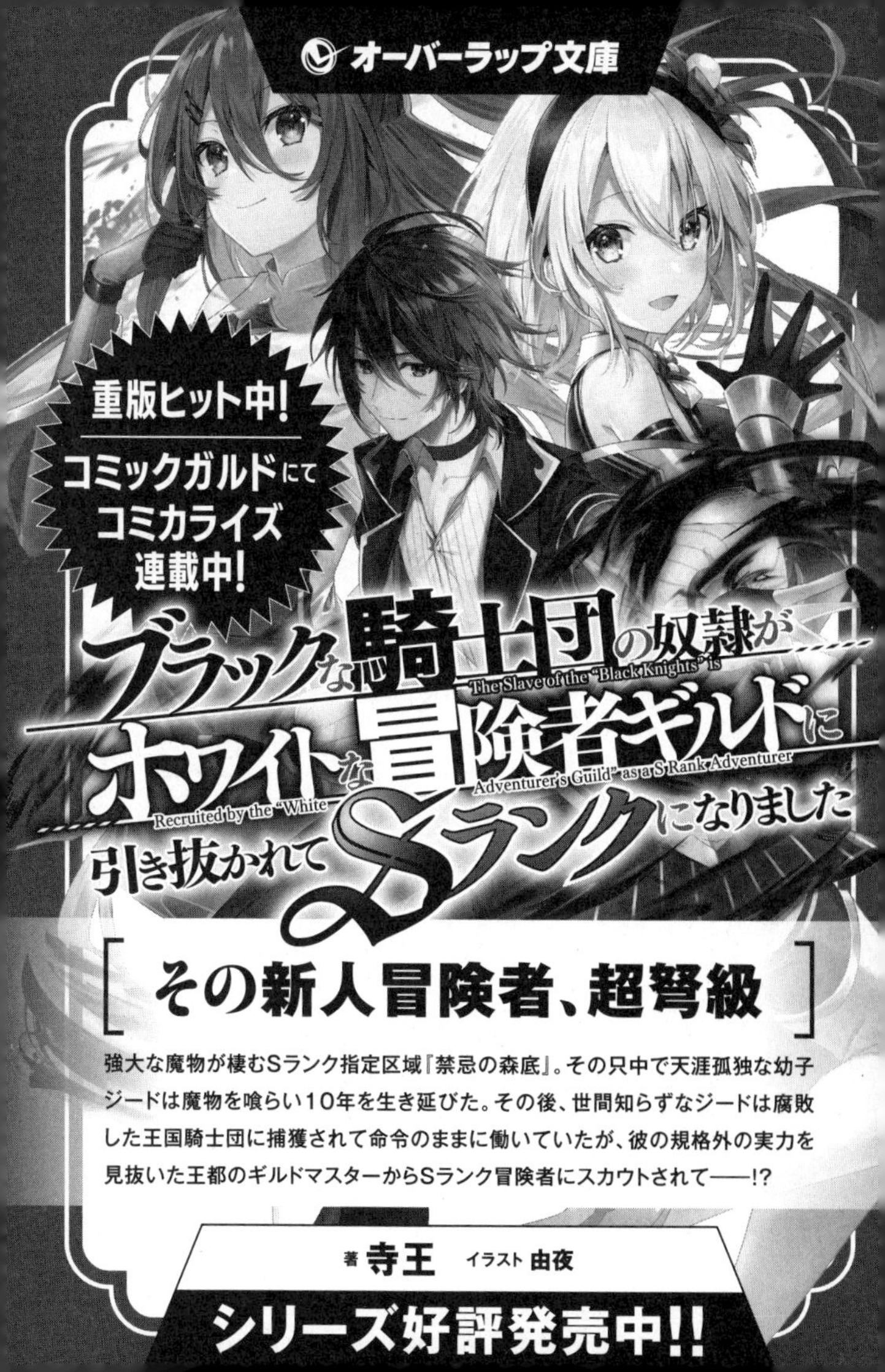

オーバーラップ文庫
重版ヒット中!
コミックガルドにて
コミカライズ
連載中!
ブラックな騎士団の奴隷がホワイトな冒険者ギルドに引き抜かれてSランクになりました
The Slave of the "Black Knights" is Recruited by the "White Adventurer's Guild" as a S Rank Adventurer
［その新人冒険者、超弩級］
強大な魔物が棲むSランク指定区域『禁忌の森底』。その只中で天涯孤独な幼子ジードは魔物を喰らい10年を生き延びた。その後、世間知らずなジードは腐敗した王国騎士団に捕獲されて命令のままに働いていたが、彼の規格外の実力を見抜いた王都のギルドマスターからSランク冒険者にスカウトされて——!?
著 寺王　イラスト 由夜
シリーズ好評発売中!!

第9回 オーバーラップ文庫大賞
原稿募集中！
イラスト：KeG
紡げ、魔法のような物語！
【賞金】
大賞…300万円
（3巻刊行確約＋コミカライズ確約）
金賞……100万円
（3巻刊行確約）
銀賞………30万円
（2巻刊行確約）
佳作………10万円
【締め切り】
第1ターン 2021年6月末日
第2ターン 2021年12月末日
各ターンの締め切り後4ヶ月以内に佳作を発表。通期で佳作に選出された作品の中から、「大賞」、「金賞」、「銀賞」を選出します。
投稿はオンラインで！ 結果も評価シートもサイトをチェック！
https://over-lap.co.jp/bunko/award/
〈オーバーラップ文庫大賞オンライン〉
※最新情報および応募詳細については上記サイトをご覧ください。
※紙での応募受付は行っておりません。